청소년의 아픈 자리, 소설로 어루만지다

지은이 소개

우 동 식

  경북대학교 사범대학 국어교육과와 한국교원대학교 국어교육학 석사과정을 졸업했다. 경북과학고등학교(포항) 등에서 26년간 국어 교사와 경북교육연수원 교육연구사, 경상북도교육청 장학사, 교감을 거쳐 현재 경북 구미의 해마루중학교 교장으로 재직 중이다.

  '청소년 문학 비평 방법 서설'로 '월간 교육평론'지(誌)에 교육평론이 당선되었으며, 학교도서관저널(2010년 3월 창간 특대호)의 특집 성장소설 주제 비평 중 '총론, 성장소설의 역사'를 집필했다. 석사 논문인 '문학교재 선정 기준의 설정과 적용에 관한 연구'가 경향신문(1992. 01. 27. 15면)에 소개되었으며, 저서로는 '독서교육의 이론과 방법'(공저) [박이정, 1993]이 있다.

  (사)전국독서새물결모임으로부터 진로독서지도사 자격을 획득하였으며, 창가교육학과 다중지능이론 및 '소설 인간학'에 대한 관심을 바탕으로 주로 청소년 문학을 통한 진로·인성독서 자료 개발을 모색하고 있다.

청소년의 아픈 자리, 소설로 어루만지다

초판 1쇄 발행 2016년 1월 25일
초판 2쇄 발행 2017년 2월 3일

지 은 이 우동식
펴 낸 이 정봉선
편 집 장 권이준
책임편집 강지영

펴 낸 곳 정인출판사
주   소 서울시 동대문구 천호대로 16가길 4
전   화 (02)922-1334
팩   스 (02)925-1334
홈페이지 www.pjbook.com
이 메 일 junginbook@naver.com
등   록 1999년 11월 20일 제303-1999-000058호

ISBN 978-89-94273-96-9 (03800)

* 책값은 뒤표지에 있습니다.

* 본서에서 소개하고 있는 책들의 저자와 출판사의 사전 이용 허락을 얻지 못한 점 양해 부탁드립니다. 추후에라도 저작권과 관련한 문의를 주시면 성실히 응하겠습니다.

청 소 년 문 학 진 로 • 인 성 **독 서 처 방**

청소년의
아픈 자리,

소설로
어루만지다

우 동 식 지음

정인출판사

최근 여러 분야에 걸쳐 '사람이 먼저'라는 생각이 지배적인 트렌드가 되고 있습니다. 인간에 대한 관심으로 인문학의 부흥이 회자되고 있는 것도 이러한 흐름과 무관하지 않으리라 봅니다.

인문학은 흔히 문·사·철(文史哲)의 통합으로 바라보거니와 그 중 문학은 인간학이라는 관점에서 보아 큰 비중을 차지하기 마련일 것입니다. 곧, 작가의 내면적 고뇌에서 태어난 문학은 인생의 소중한 재원(財源)이며, 문학 연구에 대한 취미를 형성한다는 것은 어떻게 하면 가장 잘 인생의 재원을 이용할 수 있는가를 배우고 계획하는 일입니다.

특히 소설은 바로 주체(自我)와 환경(世界)의 긴장된 대결 과정에 대하여 상상적 차원에서 양쪽에 통용될 수 있는 경험적 진실성을 추구하는 가운데 우리의 갖가지 삶의 문제를 제기하고 또 해결의 실마리를 풀어볼 수 있도록 도와줍니다. 그래서 필자는 청년 시절부터 어렴풋이 '소설 인간학'이라는 것에 관심을 가져왔습니다.

실로 소설 문학에는 모든 것이 녹아 있습니다. 좌절과 아픔, 갈등, 두려움, 영혼의 아픔과 세속의 고통에 이르기까지 우리를 그 체험 속으로 안내해 줍니다. 그러기에 마르기트 쉰베르그와 카를하인츠 비텔의 '소설, 여자의 인생에 답하다'라는 책의 서문에서 '원래 소설은 환자에게 보다 근본적인 처방을 내릴 줄 아는 의사가 처방전에 추천해야 할 약과 같은 것이다.'라는 견해를 밝히고 있음을 봅니다.

물론 소설이 모든 문제를 직접 해결해 주는 것은 아닙니다. 그러나 우리를 압박하는 여러 상황이나 문제에 대하여 소설이 멀찌감치 거리를 두고 차분히 생각해 보며 인생을 풍요롭게 해줄 좋은 수단임에 틀림없습니다.

특히 성장소설을 포함한 청소년 소설을 문학교육 자료로서 잘 활용하기 위해서는 학교 내외의 사서 담당자 등 여러 독서 교육 관련자들의 관심과 연구가 필요할 것입니다. 예컨대, '교과서 외의 관련 작품들을 학습자의 수용 양태(가치의 내용, 수준, 유형 등) 별로 목록화하여 개개의 사태마다 소설적 처방을 통한 교육이 지속적으로 이루어질 수 있도록 해야 한다.'(박인기, 「문학교육의 목표 설정에 관한 연구」, p.81.)는 제안에 우리는 귀 기울일 필요가 있습니다.

이에 본서는 청소년들이 성장 과정에서 치유하고 싶은 아픔이나 이루고 싶은 소망을 염두에 두고 그때그때 처한 상황과 그 증상에 걸맞은 38편의 청소년 소설을 처방적 독서지도 자료로 수집하여 청소년들의 네 가지 관심사 영역 별로 정리한 것입니다. 이때 청소년 소설이라는 개념은 가장 폭넓은 의미에서 이해해야 합니다. 목록에는 동화도 있습니다. 그러나 동화라 해도 청소년들의 삶의 문제에 대한 시사점이 있는 것은 함께 다루게 되었습니다.

이와 같은 작업은 오늘날 학교 현장에서 강조되고 있는 '인성교육 중심 수업'의 문학 영역, 특히 성장소설 혹은 청소년 소설을 대상으로 하는 지도자료 개발과 연계될 수 있을 것입니다. 또한 중학교에서 실시하게 된 자유학기제와 관련하여 1차적인 '진로독서' 지도 자료로 활용될 수 있었으면 하는 것이 필자의 솔직한 바람입니다.

한편으로는 설익은 평설들을 드러내는 부끄러움을 감출 수 없는 심경입니다. 그렇더라도 이 원고들이 필자에게는 제법 오랫동안 관심을 가져온 '버릴 수 없는 꽃다발'이기에 청소년 문학 독서지도에 관심 있는 분들과 공유하는 뜻으로 출판하기에 이르렀습니다.

출간에 즈음하여 머리 숙여 인사를 드려할 분이 많습니다. 먼저 부족한 저에게 청소년 문학에 대한 관심을 지속할 수 있도록 용기와 격려를 아끼지 않으신 한국교원대학교 신헌재 명예 교수님께 감사의 말씀을 드리며, 이 책이 영광스럽게 정년을 하신 은사님께 드리는 작은 선물이 되었으면 합니다. 또한 다중지능 기반 진로지도 방안을 가르쳐 주시고, 기꺼이 추천의 글을 써 주신 여주대학교 홍성훈 교수님께 진심으로 감사를 드립니다. 그리고 이 책에서 소개하고 있는 책들의 저자와 출판사에 일일이 연락을 드려 확인을 받은 연후에 책을 출간해야 함에도 불구하고 청소년 교육용 책이니만큼 허락을 해주시리라 여겨 우선 출간을 하게 된 점에 대해 양해를 구합니다. 아울러 양질의 훌륭한 책들을 저술하고 출판해 주신 저자분들과 출판사들에 감사의 말씀을 드립니다. 끝으로 거친 원고를 말끔한 책으로 출판해 주신 정인출판사의 정봉선 사장님께도 깊은 감사를 드립니다.

2016년 1월

우 동 식

25년간 키워온 청소년 문학 교육에의 결실을 추천하며

신 헌 재
(전 한국아동문학회 회장 / 한국교원대학교 명예 교수)

이 책의 저자는 25년 전, 한국교원대학교 대학원에서 저와 사제 간으로 인연을 맺은 25년 지기입니다. 그때 저자는 1992년도에 '문학교재 선정 기준의 설정과 적용에 관한 연구'라는 주제로 석사학위 논문을 준비 중이었고, 대학원 3학기 강의 과정에서였던가 저자와 함께 공부한 것을 '독서교육의 이론과 방법'(1993. 박이정)으로 정리해 출간할 때부터 전 알았지요. 저자가 학구적인 역량과 성실도는 물론, 청소년 문학과 교육에 남다른 관심과 애정을 갖고 있다는 점을……. 그래서 당시 박사과정 진학을 진지하게 종용하기도 해보았습니다만, 평소에도 워낙 조용하고 겸손한 저자는 건강과 경제 사정의 미흡함을 들며 끝내 고사를 해서 아쉬웠었지요. 그러나 언젠가는 이 방면에 한몫을 하리라는 기대를 걸고 있었는데, 저자는 저를 실망시키지 않았던 것입니다. 바로 저의 기대에 부응하기라도 하듯, 이번에 '청소년의 아픈 자리, 소설로 어루만지다'를 출간했으니까요. 그래서 저는 얼마나 기쁜지 모르겠습니다.

그동안 인성교육이야말로 우리 초·중등 교육에서 강조해야할 가장 중요한 과제라고 누구나 인정하고 해가 갈수록 강조합니다만, 정작 이에 적절한 교육 자료나 교수학습방법은 여전히 미흡한 것이 사실입니다. 그런데 이번에 저자가 펴낸 책은 제목에서도 엿보이듯이 우리 청소년들에게 권할 만한 문학작품을 마치 의사가 처방전에 추천할 약을 조제하듯이 제시해 놓고 있음을 봅니다. 그것도 제1부에서는 개인 삶의 존재 이유와 가치에 관련된 것, 제2부는 가족과 관련된 내용, 제3부는 학교와 관련된 것, 그리고 제4부에서는 사회와 관련된 사항 식으로 구조화해서, 우리 초·중등학생들이 처한 상황 전체를 원근법적인 체재로 망라하여 짜임새 있게 구성해 놓고 있음을 봅니다. 그리고 30년대 염상섭의 대표작 중의 하나인 '만세전'으로부터 동서고금의 잘 알려진 청소년소설과 더불어 권정생의 동화 '강아지똥'에 이르기까지 38편의 작품을 망라해서 선정해놓고 있습니다. 그리고 저자는 그 작품 하나하나마다 그 문학적인 의의와 문학교육적인 가치는 물론, 거기서 인성교육 내지 진로교육적 요소들을 작품 해설 형식으로 추출해내고 있습니다. 그리고 각 작품의 해설 말미마다 '학생과 함께 하는 활동'이란 코너를 넣어서 그 작품에 대한 자기 견해 발표나 상호 토론을 통한 일종의 독후활동을 이어서 하게 하고 있습니다.

이만한 규모와 담겨진 내용의 깊이를 보니, 저자가 학교 현장에서 평교사와 교육연구사와 교장으로 봉직하는 32년간 오로지 외길로 연구해온 결실이로구나 하는 생각이 새삼 들어, 이 저작을 학계와 교육계에 기쁘게 추천하는 바입니다.

아울러 저자의 청소년 문학 교육에 대한 열정과 경륜을 바탕으로 해서, 개개 작품마다 풀어놓은 튼실한 해석과 더불어 이를 토대로 이 책에 예시한 독후 활동안들은 우리 문학교육과 진로교육 및 인성교육에 큰 시사점을 주리라 기대해마지 않습니다.

2016년 1월

신천재愼

길과 글, 글과 길

홍 성 훈(여주대 교수)

이 책은 수필가이자 교육평론가이신 김천여중 우동식 교장선생님께서 오랜 세월, 중등교육 현장에서 우리 청소년들의 더 나은 삶, 더 행복한 인생을 위해 애쓰신 노력의 값진 흔적입니다. 교직 생활 내내 간직하고 가꾸신, 문학은 곧 인간학이어야 한다는 일관된 신념의 귀한 결실입니다.

이 책에는 우리 청소년들이 질풍노도의 시절에 쉽게 접할 수 있는 여러 상황과 증상의 치유에 적합한 38편의 청소년 소설이 담겨있습니다. 그동안 문학을 통한 청소년 상담과 치료를 위한 책이 더러 발간된 바 있지만, 이처럼 청소년의 인성 · 진로 독서를 짜임새 있게 본격적으로 다룬 것은 이 책이 처음이기에, 관심과 기대가 클 수밖에 없다고 봅니다.

오랜 세월 선생님께서 걸으신 길이 글을 남겼고 그 글은 다시 우리 청소년들이 행복에 이르는 '길'이 되고 있습니다. 문학의 궁극적 지향은 인간학이어야 하듯이, 선생님께서 오랜 교직 생활 중에 연구하고 가르치신 '글'은 단순한 글이 아니라, 우리 청소년들에게 더 나은, 더 행복한, 더 보람된 삶을 열어주는 '길'이라 할 수 있으니, 이토록 아름답고 의미 있고 보람 있는 '길과 글, 글과 길'이 또 어디 있을까요?

제가 우동식 선생님을 처음 뵌 것은 2009년 경북교육연수원에서였습니다. 당시 중등교사 연수담당 연구사이셨던 선생님의 초청으로 경북의 많은 선생님들께 다중지능을 강의했던 귀한 인연이 오늘에까지 이어져 이 글을 쓰게 된 것입니다. 다중지능의 궁극적 목표 역시, 우리 아이들이 각자의 다양한 재능을 제대로 찾고 그에 맞는 진로 설계를 통해 자아실현과 삶의 행복을 이루는 데 있다고 할 수 있습니다.

그 당시 제가 받은 선생님의 첫인상은 '지적이면서도 인자하신 분'이라는 것입니다. 논어(論語)에 이르기를 지자요수(知者樂水)요 인자요산(仁者樂山)이라, 어진 이는 산을 좋아하고 지혜로운 이는 강을 좋아한다고 했는데, 선생님께선 산의 어짊과 강의 지혜로움을 고루 갖추신 분이라 감히 말할 수 있습니다.

이 책에는 국어교사로서, 연구사·장학사로서, 교감·교장으로서 오랫동안 교직에 몸담으신 선생님의 꿈이 담겨있는데, 그 꿈은 오로지 우리 청소년들의 '행복한 삶'이라고 할 수 있습니다. 지(知)와 덕(德)을 겸비하신 선생님께서 이번에 어진 산과 지혜로운 강물의 마음으로 엮어 주신 '길과 글, 글과 길'의 최종 지향처는 바로 우리 청소년들의 '행복'인 것입니다.

현재 우리 교육의 양대 축이라 할 수 있는 진로교육과 인성교육의 공통 목표도 '행복한 삶'입니다. 그래서 이 책은 인성 교육 중심의 문학수업과 진로 독서를 위한 기본 자료로서 훌륭한 역할을 할 수 있다고 봅니다.

길은 글이 되고, 글은 다시 길이 됩니다. 이 책에 실린 38편의 주옥같은 글들은 푸른 산처럼 어진 마음으로 우리 청소년들의 거친 가슴을 보듬어주고, 강물처럼 지혜로운 손길로 그들에게 '행복에 이르는 길'을 열어 주리라 기대합니다.

우동식 선생님께서 열어주신 '길과 글, 글과 길' 덕분에 2016년 새해는 더욱 풍요로운 결실의 한 해가 되리라 믿습니다. 진로 및 인성 교육을 통해 우리 청소년 모두에게 '행복에 이르는 길'을 열어주셔야 할 막중한 의무와 크나큰 열정이 있는 우리 학부모님과 중등 선생님들, 그리고 독서 상담과 치료에 관심 있는 모든 분들이 이 책을 통해 많은 성과와 결실을 거두시기를 진심으로 기대합니다.

2016년 1월

홍 성 훈

차 례

1부 나

삶의 존재 이유와 가치를 찾고 싶어

4부 사회

사랑과 우정의 물결에 가슴을 적시고 싶어

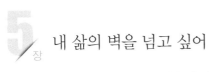

5장 내 삶의 벽을 넘고 싶어

6장 세상이 나를 철들게 해

1부

나

1장

삶의
존재 이유와
가치를
찾고 싶어

1. 자신의 존재 의미와 가치를 찾고 싶다면?

항아리 | 정호승 | 열림원 | 2008

청소년의 주요한 발달과업으로는 단연 자신의 정체성 이해 및 확립이 손꼽힌다. 이는 '나는 어떤 사람인가? 이 세상에서 나의 존재 의미는 무엇인가?' 하는 질문과 관련되는 일이다.

정호승의 '항아리'의 주인공 '항아리'도 그러한 질문과 연계된 상황에 처해 있었다. 항아리는 누군가를 위해 사용되는 가장 소중한 그 무엇이 되고 싶었다. 그래야만 뜨거운 불구덩이 속에서 끝끝내 살아남은 의미와 가치가 있을 것이기 때문이다.

그러나 집안의 어른들이 하던 일을 이어받은 한 젊은이가 처음 구워낸 이 항아리는 '썩 잘 만들어진 항아리'가 아니었다. 그래서 젊은이가 아주 못마땅한 얼굴로 쳐다보는 눈길에 항아리는 기분이 나쁨을 느낀다.

한편으로는 태어난 것만 해도 기쁘고 대견스럽다고 생각하기도 한다. 그렇지만 항아리는 뒷간 마당가에 버려져 잊힌 기간을 참고 버티지 않을 수 없었다.

그러던 어느 가을에 젊은이는 항아리를 땅 속에 묻었다. 이제야 남을 위해 무엇으로 쓰일 수 있는 존재가 되는가 기대했는데 그만 '오줌독'이 되고 말았다. 슬프고 처량했다. 하지만 오줌독에 모은 오줌을 배추와 무밭에 뿌려줌으로써 그들이 건강하게 자랄 수 있게 되었으므로 항아리는 스스로 살만한 가치가 있는 존재라고 생각하게 되었다.

많은 세월이 흐른 후 맞이한 어느 해 봄이었다. 폐허가 된 가마터에 큰 절이 들어서게 되었다. 그리하여 항아리는 그 절의 종각 밑에 옮겨 묻혔다. 자신의 몸 안을 통과함으로써 맑고 고운 소리를 내는, 범종의 음관 역할을 함으로써 마침내 스스로 바라던 존재의 의미이자 가치를 실현하게 된 것이다. 항아리는 비로소 자신이 이 세상을 위해 소중한 그 무엇이 되었다는 것을 깨닫는다.

권정생의 '강아지똥'도 유사한 주제의 작품이다
흰둥이 강아지가 길에 똥을 누었다. 참새가 콕콕 쪼며 더럽다고 하고, 옆에 있던 흙덩이로부터 놀림을 당하기도 한다. 어느 날 소달구지 주인이 흙덩이를 주워 밭으로 가져갔지만 강아지똥은 아무도 찾지를 않아서 슬펐다.

강아지똥 | 권정생 | 길벗어린이 | 1996

그러나 겨울이 가고 봄이 왔을 때 민들레 싹으로부터 자신의 꽃을 피우는 거름이 되어달라는 부탁을 받고서야 강아지똥은 자신의 존재의 의미와 가치를 확인하게 된다.

이렇듯 이 세상에 소용없는 생명은 없다. 어려운 삶이라도 때를 기다리다 보면 자신을 필요로 하는 대상을 만나게 되는 것이다.

그런데 '항아리', '강아지똥'과 같은 사물과는 달리 인간의 실제 삶은 기다림과 더불어 능동적인 선택이 가능하다. 곧, 자기주도적인 삶과 관련하여 누구나 한 가지 이상 잘 할 수 있는 분야가 있으니 그것이 이른바 다중지능이론이 가르쳐 주는 강점 재능 찾기라 하겠다.

그리하여 '항아리', '강아지똥'과 같이 때를 기다리는 한편, 나아가 강점 재능을 발견하여 그것을 발현할 때 우리는 자신의 존재 의미와 가치를 확인할 수 있을 것이다.

지도 주안점

두 동화는 공통적으로 우리가 살아가는 데 있어 스스로 존재의 의미와 가치를 느낄 수 있기를 바란다는 것을 말해줍니다. 비록 지금의 역할이 만족스럽지 않더라도 누구나 참고 기다리고 노력하면 그 삶의 꿈이 이루어진다는 것도. 그리고 현실적으로는 강점 재능 발견하기가 자신의 존재의 의미와 가치 발견에 도움이 된다는 것을 아울러 지도하는 것이 바람직하겠습니다.

1) 이 작품('항아리', '강아지똥')의 '항아리'나 '강아지똥'처럼 자신의 주변에서 존재 의미와 가
   치에 상처를 입어 고민하다가 어떤 일을 계기로 극복한 사례를 말해 보자.

2) 여러분 자신이 1)의 경우와 유사한 체험이 있거나, 강점 재능을 발견함으로써 자존감을 높
   인 사례를 말해 보자.

2. '나를 알아주는 단 한 사람'의 존재 의의를 알고 싶다면?

'투명 인간'은 영국의 작가 H.G.웰스의 대표적 SF소설에서 유래된 말이다. 이 말은 '소외된 인간의 고독'을 말하고자 할 때 인용되곤 한다.

김려령의 청소년 소설 '우아한 거짓말'의 주인공 '천지'는 학교와 가정에서 자신이 투명 인간으로 살고 있다고 느낀다. 그런 그녀는 끝내 자살이라는 극단적인 선택을 하게 되는데, 그렇게 할 수밖에 없었던 학교와 가정에서의 정황을 이렇게 말하고 있다.

우아한 거짓말 | 김려령 | 창비 |
2014

"투명 인간. 내가 교문을 통과할 때, 교실에 앉아 있어도 선생님들은 나를 보지 못했습니다. 급식을 먹을 때, 화장실을 갈 때, 체육 시간에 조를 짤 때도, 아이들은 나를 보지 못했습니다. 내가 보이지 않는 존재라는 걸 너무 늦게 알았습니다. 그만 떠나야 했습니다. 보이지 않는 내가 떠난다고 하니 조금 어색하게 들릴 수도 있겠습니다만, 그냥 내가 나에게 하는 말쯤으로 생각하면 됩니다."(112쪽)

"텅 빈 집. 그 동안 엄마와 언니에게 내가 떠나도 되는지 묻고 싶었지만, 참았습니다. 아직 나는 말 잘 듣는 아이였으니까 안 된다고 하면 바로 "예." 하고 대답해 버릴까봐 겁이 났습니다."(113쪽)

천지 주변에는 네 명의 주요 인물이 있다.

먼저 가족 두 사람이 있다. 아버지는 안 계셔서 한 부모 가정이다.

엄마는 두부 가게 일에 많이 바쁘다. 혼자 벌어 자매의 학비를 조달해야 하니 집세 감당하기도 빠듯하다. 그러다 보니 천지에게 관심을 가질 겨를이 부족하다.

언니인 만지도 동생에게 속속들이 관심을 가져주지는 못한다. 동생이 따돌리고 있다는 느낌이나 외로움을 호소하지만 진지하게 받아들이지 못했다. 친한 척 하면서 뒤에서

욕하는 아이들을 어쩌면 좋은가 하고 언니에게 물었을 때, 언니는 사귀지 말라고 한다. "그런 친구밖에 없다면?" 하고 되물어도 친구하지 말라고 쉽게 대답해 준다. 그러자 천지는 "그러면 나는 누구랑 놀아?" 하고 질문한다. 이 질문의 심각성을 언니는 헤아리지 못해서 동생에게 '참마음을 알아주는 한 사람'이 되지 못했다. 이후 천지는 친구에 대해서 더 이상 엄마와 언니에게 상의하지 않게 되어 버렸다.

다음으로 가장 나쁜 영향을 준 친구들은 '김화연'과 '곽미라', 둘이다.

김화연은 전학을 온 천지에게 처음 말을 건 아이이다. 그런데 천진한 얼굴로 기존에 있던 아이들과 더불어 영악하게 천지를 따돌리는 중심자 역할을 했다. 그리하여 천지가 파악한 화연의 인간됨은 '뻔뻔함이 화석이 되어 심장에 박힌 아이'이다. 그녀는 천지 아빠가 자살했다는 거짓 소문을 퍼뜨렸다. 또한 생일날 아이들을 초대하는데 고의로 천지만 다른 애들보다 늦게 불러서 음식을 다 먹고 찌꺼기만 남았을 때 오게 했다. 게다가 '박수경'이라는 학생에게 천지의 체육복을 빌리라고 일부러 부탁하고서 그 체육복을 돌려주지 않는다.

전학생인 천지로서는 이렇게 자신 외의 아이들이 화연이 중심의 '우리'로 뭉쳐 이루어내는 끈질긴 왕따 공작을 바로잡을 힘이 없었다. 그래서 천지는 '충돌에 익숙하지 않아 그냥 참아버리는 아이'로 전락해 갔다. 이러한 상황에서 자의반 타의반으로 화연과 '선물 교환서 겸 절친 각서'를 작성하게 되었다.

한편, 천지는 국어 수행평가 내용을 통해 조잡한 말이 사람을 죽일 수도 있다는 점을 화연에게 깨우치게 하고 싶었다. 그러나 아이들이 도리어 화연이 편을 드는 바람에 여의치 못했다. 그래서 결국 그런 아이들을 그만 보고 싶다고 생각하고, 털실로 목을 맬 줄을 짜기 시작한 것이었다.

천지의 또 하나의 친구로 곽미라가 있다. 미라가 파악한 천지는 '뻔히 알면서도 당하는 아이'이다. 미라는 화연이가 자신의 생일 초대장에 다른 친구들에게 보내는 것보다 늦은 시간 표시하기 등으로 천지를 놀리고 있다는 것을 간파하고 있다. 문제는 그렇게 알고 있는 내용을 통해 진정으로 천지에게 도움이 되게 해주지 못하고 있다는 데에 있다. 그 결과 천지가 받아들이고 있는 곽미라는 '공범자는 되기 싫고, 멋진 구경은 하고 싶은 아이'이다.

미라 쪽에서는 천지가 '멍청하게 구는 것이 싫어서 도와주려는 것'이었지만 진정성이 없었기 때문에 그것이 천지에게는 도리어 아픔이 되는 것이었다. 이런 상황에 대하여 천지의 언니, 만지의 말이 타당해 보인다.

"천지는 멍청한 게 아니라 착한 거야. 착한 애는 가만히 놔두면 되는데, 꼭 가지고 놀려는 것들이 생겨서 문제지. 자기 맘에 들면 착한 거고, 안 들면 멍청한 건가?"(221쪽)

결국 미라를 대상으로 한, 털실 속 실패 쪽지에 적혀 있는 천지의 글이 실제의 상황을 잘 말해주는 셈이다.

"알아도 가슴에 담아 둘 수는 없을까? 가끔은 네 입에서 나온 소리가 내 가슴에 너무 깊이 꽂혔어."(218쪽)

이렇게 미라의 경우에서 보는 것처럼 친구의 어려운 상황을 개선해 주려는 진심이 담겨 있지 않은 지적은 은근히 자신도 그것을 즐기고 있다는 인상을 주기 쉬운 것이다.

결국 천지는 자살이라는 비극적 종말을 선택하게 되는데, 그 이유는 무엇일까? 모든 사람에게는 역경을 이겨내는 마음의 근력이 필요하다. 이러한 힘을 '회복탄력성'이라 한다. 이 회복탄력성을 갖추기 위해서는 그들에게 무조건적으로 사랑을 베풀고 신뢰를 보내주는 사람이 적어도 한 명은 필요하다고 한다.

그러나 앞에서 보듯 천지에게는 불행히도 가정이나 학교에서 그런 사람이 아무도 없었다. 그녀가 최악의 선택을 하게 된 원인은 여기에 있었던 것이다. 이렇게 이 소설은 내 참마음을 알아주고 무조건적으로 믿어주는 '단 한 사람'이 있어야 하는 이유를 헤아릴 수 있는 작품이라 하겠다.

이 소설과 함께 읽으면 좋은 작품으로 세 편을 추천할 수 있다. 세라 자르의 '가지마 내 곁에 있어줘(살림, 2012)'라는 작품은 제니퍼 해리스와 캐머런 퀵의 관계를 중심으로 읽으면 좋을 것이다. 샐린저의 '호밀밭의 파수꾼'에서는 주인공 '홀든'에 대한 여동생 피비의 역할을 주목할 수 있다. 이순원의 '19세(세계사, 1999)'에서는 주인공 '정수'에 대한 아버지의 존재를 관찰해 볼 수 있다.

이 작품 이해를 위해 익히면 좋은 개념으로 '회복탄력성'이 있습니다. 회복탄력성이란 자신에게 닥치는 온갖 역경과 어려움을 오히려 도약의 발판으로 삼는 힘입니다. 천지가 극단적인 선택을 하게 된 것은 이것을 획득하지 못했기 때문으로 이해할 수 있습니다.

따라서 이 소설을 통하여 청소년들이 자신의 참마음을 알아주고 무조건적으로 믿어주는 '단 한 사람'이 있어야 하는 이유를 헤아리고, 가정이나 학교에서도 이와 같은 관심을 확대했으면 합니다.

학생과 함께하는 활동

1) 이 작품('우아한 거짓말')에서 '천지'는 스스로 '투명 인간'으로 살아가고 있다고 느끼고 극단적인 선택을 하게 되었다. '천지'에게 '참마음을 알아주는 한 사람'이 있었다면 그런 선택을 하지 않았을 것이다. 만일 '천지'에게 '참마음을 알아주는 한 사람'이 있어야 한다면 누가 그 역할을 하는 것이 좋을까? 그리고 그렇게 생각하는 이유는?

2) 여러분이 만일 '천지'와 같은 상황에 처했을 때 여러분의 '참마음을 알아주는 한 사람'의 역할을 해 줄 수 있는 사람, 혹은 그런 역할을 해 주었으면 좋겠다고 생각되는 사람에 대해 소개해 보자.

3) 이 작품 ('우아한 거짓말')에서 '천지'가 받아들이고 있는 '곽미라'는 '공범자는 되기 싫고, 멋진 구경은 하고 싶은 아이'이다. 그렇다면 '곽미라'는 일종의 방관자의 모습을 띤다고 하겠다. 그러나 그녀의 말이 '천지'에게 상처를 준다는 측면에서 단순히 외면하고 침묵하는 방관자와는 다른 점이 있다. 제임스 프렐러의 청소년 소설 '방관자'를 읽고, 친구로서 '곽미라'의 천지에 대한 태도에 대하여 비판적으로 말해 보자.

함께 읽으면 좋은 글

마음의 유대가 중요하다

자기를 진정으로 이해하는 사람이 있는 한,
안심하고 힘을 낼 수 있다.
그만큼 마음의 유대는 중요하다.
부모 자식 간의 유대, 교사와 학생 간의 유대,
친구 간의 유대 등 여러 가지 유대가 있는데,
인생의 연륜을 더하면 더할수록
그 고마움을 알게 된다.

−이케다 다이사쿠, '여성에게 드리는 글 365일', 화광신문사, 2008. p.57.

3. 삶의 이유와 가치를 깨닫고 싶다면?

연어 | 안도현 | 문학동네 | 1996

'어른을 위한 동화'라는 갈래는 삶의 문제에 대해 좀 더 생각할 거리를 담고 있다는 점에서 일반 '동화'와 차이가 있다. 안도현의 '연어'는 단순한 아동의 정서나 환상에 머물러 있지 않고 삶의 의미를 추구하는 측면이 강하기에 '어른을 위한 동화'라고 했을 것이다. 그런데 필자가 보기에 이 작품은 청소년을 위한 동화나 소설이라 해도 좋을 것 같다. 왜냐하면, 추구하는 내용이 청소년들의 자아 정체성 탐색이나 가치관 정립과 유관하다고 여겨지기 때문이다.

대개 청소년의 성장엔 또래 집단과의 소통이 필요하다. 일방적 교훈을 제시하는 부모나 선생님과의 관계 등 수직적 인간관계가 아닌 동류의식 속에서 성장의 고통을 함께 이해하고 나누는 동병상련(同病相憐)의 '옆자리'가 소중한 것이다.

"연어를 위에서 내려다보는 것, 그것은 연어를 위해서 불행한 일이다. (중략) 그러니까 연어를 완전히 이해하고 사랑하는 방법은, 연어를 옆에서 볼 줄 아는 눈을 갖는 것이다. 거기에다가 약간의 상상력이 필요하다."(10~11쪽)

위의 구절은 이 작품을 대하는 독자의 마음가짐을 안내하고 있는 것으로 이해되기도 한다. 한편으로는 우리가 어떤 대상을 참되게 알기 위해서는 진정한 친구가 되어야 한다는 것을 암시해 준다. 이 작품에서 '은빛연어'의 원만한 성장을 위해서는 옆자리에서 자기를 정말로 이해해 주는 사람이 필요했다.

이러한 은빛연어에게 일차적으로 소중한 옆자리는 그의 누나였다. 이 작품에서 누나 연어는 남동생 연어의 빛깔이 은빛이라는 것과 연어들은 자신의 모습을 다른 연어의 입을 통해서 알게 된다는 것도 귀띔해 준다. 곧, '다른 연어의 입은 자신을 비춰주는 거울인 셈'이라는, 삶에 있어서 마주보기의 소중함을 인식시켜 준다.

대개 남자 아이에게 있어서 누나의 의미는 엄격한 아버지와 자상한 어머니 사이에서 그 틈새를 잇는 완충(緩衝)의 역할을 해주는 데 있다 할 것이다. 그러나 연어들의 경우는 어머니·아버지의 얼굴도 모르는 채 성장한다. 이러한 까닭으로 이 작품에서의 누나는 부모의 역할을 대신해야 하는 존재인 셈이다. 그러기에 은빛연어는 누나가 자기를 '옆에서' 보지 못하고 '위에서' 보려며, '간섭'하려든다고 느끼게 되는 것이리라. 그 결과 은빛연어가 피부로 느끼기에 누나는 완전한 '옆자리'가 아니었던 것이다.

은빛 연어에게 진정한 사랑의 '옆자리'는 '눈맑은연어'였다.

"은빛연어야, 너 그 동안 무척 힘들었지? (중략) / 이제 아무 걱정하지마. 내가 옆에 있어 줄 테니까."(42쪽)

이렇게 다가온 '눈맑은연어'는 언제나 그의 옆에 있었다. 이제 은빛연어에게는 모든 것이 새롭고 놀랍다. 작은 돌멩이 하나, 가녀린 물풀 한 가닥 등 이 세상을 위해 존재하지 않는 사물은 하나도 없는 것처럼 사랑은 은빛연어의 마음에 갖은 보물들을 아낌없이 선사한다. 모든 과거의 의미 없는 것을 말끔히 비워 내고 그 빈 자리를 온통 눈맑은연어 한 마리로 채웠기 때문이다.

그러나 은빛연어가 어른으로 성장해 가는 데에는 사랑의 '옆자리'를 발견한 것만으로는 부족하였다. 그는 이제 왜 살아가는지에 대한 의문에 봉착하게 된 것이다.

그리하여 은빛연어는 눈맑은연어와의 사랑의 결실인 알을 낳으러 강의 상류로 가야하는 것이 삶의 이유라는 사실에 의문을 품는다. 그는 연어에게는 연어만의 독특한 삶의 이유가 있을 거라고 생각하며 또 다른 삶의 이유를 찾아 헤맨다.

강을 거슬러 오르던 중 존재한다는 자체가 삶의 이유일 수 있다는 초록강의 말에서 그는 자기 삶에서의 고민을 하나씩 질문해 나간다.

은빛 연어는 초록강에게 물었다.

"존재한다는 게 삶의 이유라고요?"
"그래. 존재한다는 것, 그것은 나 아닌 것들의 배경이 된다는 뜻이지."

(중략) / "배경이란 뭐죠?"

"내가 지금 여기서 너를 감싸고 있는 것, 나는 여기 있음으로 해서 너의 배경이 되는 거야." / (중략)

"그러면 연어 떼가 아름다운 것은 서로가 서로의 배경이 되어주기 때문인가요?"

"그래, 그렇고 말고."(66~68쪽)

이리하여 은빛연어는 자신도 누구의 배경이 될 수 있다는 데에 삶의 이유와 존재의 의미를 찾고, '무엇보다도 눈맑은연어의 배경이 되고 싶다'고 느끼기에 이른다.

은빛연어의 이러한 변화는 폭포를 뛰어오르기 전에 눈맑은연어에게 알을 낳는 일이 중요하다고 말함으로써 일차적으로 확인된다. 그 후 알을 낳고 '거룩한 죽음의 풍경'을 펼치기 직전에 자신은 희망의 실체를 찾지는 못했지만, 한 오라기의 희망도 마음속에 품지 않고 사는 연어들에 비하면 행복했다고 회상한다. 그러면서 그는 우리 스스로 희망을 포기하지 않는다면 세상 어딘가에 그것이 있을 거라고 말한다.

이상에서 작품 '연어'의 주요 내용을 살펴보았다. 곧, 이 작품은 우리네 삶의 이유란 소중한 사랑의 '옆자리'(반려자)를 만나 함께 누군가(삶의 이웃)에게 '배경이 되어줌'으로써 그 보람을 나누는 것이라는 걸 암시해 준다. 말하자면 '소유'보다는 '존재' 자체에 의미를 두는 삶의 모습을 형상화한 것이다. 이것은 또한 '외로운 사람끼리 사슴처럼 기대어 살자'는, 더불어 사는 공동체적 삶의 가치를 구현한 것이기도 하다. 그리고 맹목적인 삶이 아니라 어떤 상황에서도 희망을 추구하며 살아가는 삶의 가치를 드러내 주고 있기도 하다.

그러기에 이 작품은 자아의 정체성을 탐색하고 가치관을 정립하는 시기에 있는 청소년들에게 삶의 이유와 가치를 깨우치는 사색의 좋은 동반자가 되어 줄 것이다.

이 작품('연어')을 통해서는 성장 과정에서 '또래 옆자리'의 존재가 필요하다는 점과 삶의 이유와 가치는 누군가의 '배경이 되어주는 것'에 있다는 점을 짚어볼 수 있겠습니다.

학생과 함께하는 활동

1) 이 작품('연어')에서 보는 바와 같이 성장하는 청소년들에게는 고통을 함께 나눌 수 있는 '또래 옆자리', 예컨대 단짝 친구의 존재가 소중하다. 지금까지 친하게 지냈던 단짝 친구들을 떠올려 보고, 서로 어떤 영향을 주고받았는지 얘기해 보자.

2) 이 작품('연어')에서와 같이 삶의 이유와 가치가 누군가의 '배경이 되어주는 것'에 있다면, 여러분은 누구의 배경이 되어 주고 싶은지 말해 보자.

4. 삶의 진정한 가치를 탐색하고자 방황하고 있다면?

호밀밭의 파수꾼 | 샐린저 |
소담출판사 | 1992

울릉도엔 대표적인 두 곳의 등대 전망대가 있다. 서면 태하의 대풍감 전망대와 울릉읍의 행남(살구남) 등대 전망대이다. 두 곳은 모두 비교적 높은 산에 위치해 있으며, 각기 두어 세대가 살아간다는 점에 공통점이 있다. 또 한 가지 공통점이 있다. 그것은 두 전망대가 다 깎아지른 듯한 해안 절벽에 연결되어 있다는 점이다.

필자가 울릉도에 근무하던 3년 동안 이 두 등대의 전망대 벼랑에 설 때마다 그 아래로 펼쳐지는 절경(絶景)에 우선 놀랐다. 그러나 다음 순간 이 절경에 취한 사람들이 기념 촬영이라도 하며 저도 모르게 뒤로 물러서다가 벼랑 아래로 떨어지면 어떻게 하나 하는 걱정이 들곤 했다.

많은 관광객의 발길이 닿지는 않는 외진 곳이기는 하지만, 혹 어린이를 데리고 두 등대를 찾아 온 관광객들이 부주의로 어린이를 놓치지나 않을까 하는 염려는 그 곳에 올라 본 사람이면 누구나 하게 될 것이다. 그때마다 내게 떠오르는 소설 한 편이 있었다. 그것은 바로 J.D 샐린저가 쓴 '호밀밭의 파수꾼'이다.

이 작품은 세 번째 학교에서 퇴학 당한 문제아 콜필드가 2박3일(48시간)의 가출 기간 동안 겪은 방황을 의식의 흐름 형식으로 그린 청소년 소설이다. 성(性)에 눈떠 가는 소년이 만나는 여러 부류의 사람들을 통해 인간 존재의 공허함을 독백 형식으로 그렸다. 곧 이 작품은 인간 존재를 특징짓는 공허함과 소외를 애써 무시하는 사회의 태도를 고발하고 있다. 이 작품에서 감수성이 예민한 콜필드가 어른의 사회를 위선으로 규정하고 거부하는 것은, 어른이 되는 과정에서 우리 모두가 겪어야 하는 통과의례일 것이다.

기성세대로서 우리는 평소 자녀 교육을 잘 하고 있다고 확신하고 있을지도 모르겠다. 그렇더라도 우리의 선생님이나 학부모는 파수꾼이라 자처하면서 오히려 그들을 감시하는 존재가 아닌지 반성해 볼 필요가 있다.

우리 학생들은 모든 생활의 중심이 고교 입시, 혹은 대학 입시에 치중되어 있기 때문에 자신의 인격 함양을 위한 투자의 시간이 없다. 가족의 무관심이나 입시 위주의 교육을 견디지 못해 가출과 탈선으로 청춘을 허비하고 있는 거리의 청소년, 인생에서 내가 진정으로 원하는 것이 무엇인지에 대한 이해도 없이 무조건 일류대학에 가야 한다는 강박으로 목적도 없이 내달리고 있는 수험생, 그들이 바로 우리 청소년들의 자화상이기도 하다.

그런 만큼 우리는 울릉도의 두 등대 전망대의 위험한 벼랑 끝에 서서, 굴러 떨어지는 어린애를 붙잡아 주는 역할, 즉 등대 벼랑의 파수꾼이 되는 심정으로 가정과 학교에서 소중한 우리의 청소년들이 진정한 자기 삶을 자유롭게 개척할 수 있도록 지켜 나가지 않으면 안 될 것이다.

끝으로 자기가 커서 진정 되고 싶은 것이 무엇이냐는 여동생 '피비'의 질문에 대한 17세 주인공 '홀든'의 대답을 들어보자.

"나는 넓은 호밀밭 같은 데서 어린아이들이 다 같이 어떤 게임을 하는 장면이 눈에 선하단다. 몇 천 명의 애들이 있을 뿐 주위엔 아무도 없어. 나 이외에는 어른이 하나도 없다는 말이야. 나는 위험한 벼랑 끝에 서 있는 거지. 내가 하는 일이란, 누가 잘못해서 벼랑으로 굴러 떨어지는 일이 생기면, 그 애를 붙잡아 주는 거지. 말하자면 애들은 어디를 달리고 있는지 보지도 않고 뛰잖니? 그런 때에 나는 어디선가 재빨리 달려 나와서 그 애를 잡아 주는 거야. 하루 종일 그 일만 하는 거라구. 호밀밭에서 붙잡아 주는 역할 즉, 호밀밭의 파수꾼이지. 나는 그런 사람이 되고 싶어."

(『호밀밭의 파수꾼』, 문학사상사, 248쪽)

그렇다. 세상사에 가장 귀중한 것은 무엇이겠는가. 그것은 아마도 사람의 목숨일 것이다. 그런 의미에서 '홀든'의 꿈은 실천 여부를 떠나 아주 소박하고 순수한 것이라 할 수 있겠다. 곧, 벼랑에 떨어지는 한 사람의 생명을 건진다 해도 일생에 그보다 더 가치 있는 일을 찾기란 쉽지 않을 것이기에.

이처럼 이 작품은 삶의 진정한 가치를 탐색하고자 방황하고 있는 청소년에게 좋은 읽을거리가 될 것이다.

이 작품은 소박하고 순수한 꿈을 가진 청년 '홀든'이 정직하고 성실한 세계를 추구하는 가운데, 예컨대 호밀밭의 파수꾼이 되겠다고 하는 바와 같이 청소년 각자가 삶의 진정한 가치가 무엇인가를 사색하는 계기로 이끌어 주시면 좋겠습니다.

학생과 함께하는 활동

1) 이 작품('호밀밭의 파수꾼')의 주인공 '홀든'은 벼랑에 떨어지는 한 사람의 생명을 구하는 '호밀밭의 파수꾼'이 되겠다고 했다. 여러분은 이러한 삶의 의미와 가치에 대하여 어떻게 생각하는지 말해 보자.

2) 이 작품('호밀밭의 파수꾼')의 '홀든'처럼, 여러분이 장래에 해보고 싶은 가치 있는 일에 대해 이야기해 보자.

5. 어떤 일에 진정으로 통달하고 싶어 고심하고 있다면?

칙센트미하이는 청소년기에 몰입 경험을 많이 한 학생이 성인이 된 후에도 좋은 성과를 얻는다는 것을 연구를 통해 밝혀냈다. 그리고 진정한 몰입은 자신의 꿈과 목표로 나아가는 '자아실현형 몰입'을 의미하며, 이것은 행복한 성장을 위한 조건의 하나가 될 수 있다고 한다.

신여랑의 '몽구스 크루'는 몰입과 열정의 가치를 생각해 볼 수 있는 청소년 소설이다. '몽구스 크루'의 '몽구스'는 몸집은 작지만 사냥 실력은 최고인 사향고양이과의 동물이기도 하고, 주인공 '몽구'를 뜻하기도 한다.

몽구스크루 | 신여랑 | 사계절 | 2006

이 작품의 화자로 등장하는 주인공 오몽구는 형에 대한 엄마의 지나친 편애에 대한 불만과 공부와 춤 사이에 어정쩡하게 서 있는 자신에 대한 열등감으로 괴로워한다. 작품 속의 오진구와 오몽구는 형제 지간이지만 몽구는 처음에 형을 형으로서 인정하지 않는다. 그도 그럴 것이 어려서부터 형은 지진아·왕따·사고뭉치였기 때문이다. 엄마는 늘 이런 모자라는 형을 감싸고만 돌고, 공부를 잘하고 말을 잘 듣는 자신에게는 별 관심을 보이지 않는다.

그런데 이 소설은 비보이 춤을 소재로 오몽구가 심리적으로 애써 배격하려 했던 형 오진구를 이해하고 받아들이는 과정을 잘 나타내주고 있다. 원래 동생인 오몽구는 진정으로 춤을 추길 원하는 것은 아니었다. 하지만 공부도 잘하면서 한편으로는 아이들의 선망의 대상인 비보이가 되고 싶다는 생각도 가지게 된다.

백육십이 조금 넘는 키에 보잘것없는 형 오진구가 사람들의 관심 대상이 된 것은 브레이크 댄스를 추면서부터였다. 처음에 동네 놀이터에서 혼자 만화책 '힙합'을 보며 춤 동작을 익히던 오진구는 자신을 지켜보며 키득거리는 아이들을 사정없이 물어뜯기도 한다. 그런 형을 따라다니며 오몽구는 엄마의 지시로 그를 말리는 보호자 역할을 맡았다. 이렇게 단순하고 무식해 보이는 오진구가 나름대로 열등감에서 벗어나 최고의 비보이가 되기 위해 자신의 독창적인 춤 동작 하나하나를 고민하며 노력하는 모습은 몽구에게, 그리고 읽는 이에게도 코끝 찡한 감동을 준다.

그렇게 춤추는 진구를 관찰하다가 몽구는 자신도 모르게 춤의 매력을 느끼기 시작한다. 힐끔거리며 엿본 그 세계에 자신과 맞닿는 무언가가 있는 것 같았다. 이내 몽구는 갈등한다. 비보이가 되는 길은 자신의 길이 아니라고, 자신은 그저 잠시 한눈을 팔고 있다고 스스로 다짐해 두지만, 그 세계 속으로 깊숙이 빠져들어 어떤 경지를 체험해 보고 싶다는 욕망은 고통스러운 유혹으로 다가온다. 덜떨어진 지진아에서 자신감과 개성을 지닌 춤꾼으로 변모해가는 형 진구의 모습도 몽구에게는 강한 자극제가 되었다. 몽구는 어려서부터 확고하게 형성되어온 진구에 대한 우월한 위치가 뒤바뀌며 흔들리는 것을 느낀다.

결국 질투와 미움의 감정을 이기지 못해 형을 뜨겁게 배신해 보고 나서야 몽구는 형의 진정한 열정을 발견하고 그의 존재를 지존으로 인정하게 된다.

"나는 자꾸만 옆으로 쓰러지는 오진구의 머리를 내 어깨에 기대 놓았다. 나는 그때 깨달았다. 오진구가 정말 비보이라는 걸. 이 꾀죄죄하고 볼품없는 놈이 나는 흉내 낼 수도 없는 진짜 비보이가 되어버렸다는 걸. 오진구에게 춤은 분노였고, 슬픔이었고 꿈이었고 사랑이어서 이토록 오만할 수도 이토록 절망할 수도 있다는 걸. 그리고 나의 분노와 슬픔은 춤이 아니라 고작 열등감, 시기, 질투 때문이었다는 걸. 나는 오진구의 손을 잡았다."(188~189쪽)

길거리 춤을 추다가 쓰러진 형 오진구를 택시로 부축해 오면서 오몽구가 깨달은 내용이다. 자신의 춤이 완전해지기 위해서라도 '진짜' 비보이인 진구가 꼭 필요하다는 깨달음은 몽구를 더욱 성숙한 소년으로 성장하게 하고, 비로소 자신이 원하는 것이 무엇인지 바로 보게 한다.

이렇듯 어느 한 분야를 찾아 거기에 통달하려면 단순한 열정과 몰입이 요청되는 것임을 알 수 있다. 몽구에게 있어 춤의 경우도 모든 잡념을 몰아내고 무아의 경지인 '단순성'을 회복해야만 제대로 빠져들 수 있는 세계였던 것이다. 곧, 진짜가 되기 위해서는 더 많이 단순해져야 하고 훨씬 더 뿌리 깊은 콤플렉스를 제거해야만 했던 것이다. 예컨대 몽구가 진구에게 품은 애증과 같은 시시콜콜한 사연이 춤을 춤답게 하는 것을 끝없이 방해해왔다. 다른 멤버들도 저마다 떠안고 사는 이런저런 문제들, 피치 못할 개인적인 사연들과 같은 훼방꾼과 싸워 이기지 않으면 안 되었다고 하겠다. 그리하여 '몽구스 크루'가 해산했다가 다시 모이는 과정 자체가 인간적인 잡념의 사슬을 끊고 '단순성'의 경지에 오르는 과정이라고 볼 수 있다.

자신이 하고 싶은 어떤 일에 진정으로 통달하고 싶어 고심하고 있다면 이 작품에서 오진구와 오몽구라는 형제 비보이가 보여주는 춤의 숙련 과정을 통하여 단순한 열정과 몰입의 가치에 대한 시사점을 획득할 수 있으리라 기대된다.

지도 주안점

이 작품('몽구스 크루')을 통하여 우리는 한 가지 일에 통달하기 위한 단순한 열정과 몰입의 가치를 공유할 수 있겠습니다. '몰입'은 또한 행복한 성장의 한 요소이기도 합니다.

1) 이 작품('몽구스 크루')의 '오몽구'가 비보이춤에 숙달되고 싶어 하듯 여러분은 어떤 일을 성취하기를 희망하는지 말해 보자.

2) 여러분이 희망하는 일을 성취하는 과정에서 이 작품('몽구스 크루')의 '오몽구'에게서 배우고 싶은 것이 무엇인지 말해 보자.

3) 영국의 전설적인 그룹 '비틀즈'의 멤버였던 '존 레논, 폴 매카트니, 조지 해리슨, 링고 스타' 등은 1960년 구성 당시 고등학생들이었다. 그럼에도 이들은 1주일에 7일, 매일 8시간씩 연습을 하며 행복해 했다고 한다. 이와 같이 여러분과 여러분 주변에서 몰입을 통해 느낀 행복에 대한 체험담을 말해 보자.

6. 자신의 용모에 대한 열등감을 극복하고 싶다면?

아침 출근 때마다 학교 현관 거울에 얼굴을 비추어 보며 로션을 바르거나 머리를 빗는 여학생들을 보곤 한다. 용모에 대한 관심은 여학생들의 제1 특성이라 해도 좋을 것 같다는 생각을 하며. 그런 광경을 보면 필자에게는 쯔바이백의 '나탈리의 꿈나무'라는 소설이 생각난다.

나탈리의 꿈나무 | 쯔바이백 |
文公社(자이언트문고 210) | 1982

미국 뉴욕의 중류 가정을 배경으로 한 이 소설의 여주인공 '나탈리'는 얼굴이 남보다 못생긴 데서 느끼는 특유의 열등감으로 고민한다. '나탈리'는 열일곱 살이 되는 해의 자기 생일 선물로 거울을 사달라고 한다. 그런데 그녀는 선물로 받은 거울을 보고 못생긴 자기 얼굴에 실망한다. 어머니는 '어릴 때 예쁜 아이는 커서 미워진다.'며 자기 딸을 위로한다. 그래서 어린 나탈리는 용기를 얻어 거울 밑에 '너는 미인이다.'라는 말을 써놓고 예뻐질 날을 기다린다.

어느덧 고등학교 졸업반이 된 '나탈리'는 댄스 파티에 참가했다가 자기의 미운 얼굴을 보고 남자 아이들이 상대를 해주지 않는 데 비관한다. 또한 커서도 예뻐지지 않는 자신을 자각하고는 모든 일에 반발적으로 행동한다. 여대생이 된 뒤부터는 이런 반발과 반동이 남자처럼 정치적 활동으로 쏠려 전쟁을 반대하는 행동 모임의 일원이 된다.

그 후 그녀는 반전주의(反戰主義) 남학생들과 데모에 참가하는 따위의 행동으로 자기 내부의 감정을 발산한다. 정치적 학생 조직의 위원장까지 하게 된 나탈리는 남자 친구 맬콤이 소집 영장을 불태우려고 하는 시위를 말리려다 도리어 그녀 자신이 오해를 받고 선동자로 몰려 퇴교 당한다. 실망한 부모는 다른 대학으로 옮겨 약제사 공부라도 하라고 타이르지만 나탈리는 듣지 않고 더욱 비뚤어지기만 한다.

부모는 적당한 신랑감을 골라 나탈리와 데이트를 시키지만 그녀는 이런 일을 탐탁하게 생각하지 않는다. 자신이 못생겼기 때문에 남자들이 싫어할 것은 당연한 이치라고 이미 마음속으로 체념하고 있었기 때문이다. 이런 생각은 거의 정신병에 가까울 정도로 그녀의 내부에 도사리고 있었다.

마침내 나탈리는 집을 뛰쳐나가 사회와 부딪혀 자기를 발견하고 자립해 보려고 한다. 나이트클럽에 취직한 그녀는 그리니치빌리지에 방을 얻어 혼자 산다. 여기서 아래층에 사는, 실제로는 건축가이지만 잠시 화가 수련을 하고 있는 해리스라는 사람과 알게 된다. 해리스는 나탈리의 얼굴이 아닌 순진한 마음에 감동하여 그녀를 사랑하게 된다.

난생 처음으로 남자에게서 사랑한다는 말을 들은 나탈리는 자신도 이제 남자의 사랑을 받을 수 있는 여자임을 발견하게 된다. 그러나 알고 보니 해리스는 두 아들과 아내를 가진 기혼 남자였다. 나탈리의 실망과 비애는 뭐라 말할 수 없었다. 그러나 그는 나탈리의 실망과 슬픔을 달래면서 아내와 이혼하고 진정 사랑하는 나탈리와의 결합을 맹세하게 된다.

이와 같은 줄거리에서 보듯 이 작품은 자신의 용모에 대한 열등감으로 고민을 안고 있는 평범한 한 소녀가 그것을 극복하면서 성숙한 여성으로 성장해가는 과정을 담담하면서도 묘미 있게 보여주고 있다.

서두에서 언급한 바와 같이 여성이 아름다워지고 싶은 심리는 동서고금을 통해 변하지 않는 염원이다. 그러나 작가 쯔바이백은 용모의 아름다움보다 마음의 아름다움을 중요시하고 있다. 불전(佛典)에 이르기를 '곳간의 재물보다도 몸의 재보(財寶)가 값지고 몸의 재보보다는 마음의 재보가 으뜸이니라.'라고 하였다. 몸의 재보, 곧 용모보다는 궁극적으로 다른 사람을 움직일 수 있는 것은 따스한 마음씨인 것이다.

이점은 세계 어디서나 보편성을 획득하고 있다 할 것이며, 여기에 이 작품의 가치가 있다. 따라서 이 소설은 용모에 대한 열등감을 극복하고 싶은 소녀들에게 구원의 메시지를 던져주는 작품이라 할 것이다.

그리고 주제의 측면에서 함께 읽으면 좋은 작품으로 상드의 '사랑의 요정'을 들 수 있다. 이 소설도 세상과 상대의 마음을 바꾸는 것은 자신의 '마음의 재보'라는 것을 넌지시 말해주고 있다. 아울러 문학 도서는 아니지만 얼굴이 가진 기능 중에서 심미적인 측면은 아주 사소한 일부분일 뿐이라는 응원을 보내주는 책도 있다. 과학 저널리스트인 대니얼 맥닐이 쓴 '얼굴'(사이언스북스, 2003)이라는 책이다.

소재의 측면에서는 미리암 프레슬러의 '쓸쓸한 초콜릿'을 함께 읽으면 좋겠다. 소녀 '에바'가 자신의 풍풍한 외모 때문에 위축된 학교생활을 하다가 새로운 친구와 남자 친구까지 사귀게 되면서 자신감을 찾고, 있는 그대로의 자신을 발견하게 된다는 이야기이다.

이 작품('나탈리의 꿈나무')은 용모 때문에 열등감을 지닌 청소년들에게 해결의 빛을 비춰주는 소설입니다. 용모보다는 궁극적으로 다른 사람을 움직일 수 있는 것은 따스한 마음씨라는 인식을 심어 주는 데 알맞은 작품이라 하겠습니다.

1) 이 작품('나탈리의 꿈나무')의 주인공 '나탈리'가 용모에 대한 열등감으로부터 벗어난 계기에 대해 말해 보자.

2) 다른 사람들이 지적하는 여러분의 좋은 점, 호감을 사는 면에 대해 말해 보자.

3) 이 작품의 '나탈리'처럼 여러분이나 친구들이 자신의 용모에 대해 고민하고 있다면 또래 상담자의 입장에서 해주고 싶은 도움말을 써 보자.

2 ^부

가족

2장

장

가족 간의
화합은
눈물겨워

1. 가족 결손의 상처를 치유하고 싶다면?

너도 하늘말나리야 | 이금이 | 푸른책들 | 1999

청소년기는 인생의 여러 시기 중에서 가장 변화가 많으면서도 불안정한 시기이다. 사춘기(思春期)라고 불리는 이때는 정서적으로 매우 예민한 시기여서 조그만 사건일지라도 그것을 겪는 당사자들에겐 감당하기에 벅찬 일이 되기도 한다.

이금이의 '너도 하늘말나리야'는 사춘기에 접어든 세 친구가 많은 아픔을 견뎌 내면서 성장하는 이야기이다. 미르, 소희, 바우는 각각 성장 환경이 다르지만 '가정의 결손'이라는 공통점을 가지고 있다. 이러한 결손은 세 아이에게 상처를 주고, 그들은 그 상처를 고스란히 끌어안고 지낸다. 상처에 대응하는 방법도 그들의 성격이나 상황에 따라 다르게 나타난다.

이 작품의 제1부는 '미르'에 대한 이야기이다. 미르는 부모의 이혼으로 아빠와 헤어지고, 진료소장이 된 엄마를 따라 달밭 마을로 이사 온다. 하지만 미르는 부모의 이혼으로 인한 충격을 극복하지 못한 채 달밭에서의 새로운 생활에 제대로 적응하지 못한다. 엄마에게 무조건적인 반항과 불만을 가지고, 제 또래의 친구들에게도 마음을 열지 못한다.

미르가 달밭 마을에서 첫 번째로 마음을 준 대상은 수령 500세의 느티나무였다. 미르는 엄마가 삶의 생채기를 상징하는 '밧줄 건 느티나무'를 '건강하고 씩씩하다'고 말하는 것을 의아하게 생각한다. 그러나 그 나무와 교감하게 되면서 아빠와 헤어진 자신의 처지를 비추어 본다.

" '오백 살이나 되었다구?' 한 자리에 서서 오백 년의 세월을 거치는 동안 얼마나 많은 것을 보고 겪었을까. 미르는 가지에 밧줄을 동여매고 서 있는 느티나무를 보자 자신이 겪고 있는 일들이 별 것 아니라는 생각이 슬며시 들었다."(33쪽)

제2부는 '소희'에 대한 이야기이다. 부모 없이 할머니와 단 둘이 사는 소희는 지나치게 조숙하다. 소희는 매일 일기를 쓰며 자신과의 대화를 통해 스스로의 생활을 반성해 간다. 미르와 좋은 친구가 되고 싶어 하지만, 미르가 마음을 열지 않아 쉽게 친해지지 못한다.

소희는 미르가 자신처럼 외로운 아이임을 발견한다.

"미르를 처음 보았을 때 그 아이가 거울에 비친 자신의 모습처럼 보였다."라고 비밀일기장에 기록한다. 같은 아픔을 지니고 있어서 그럴까. 역시 비추어보기를 통한 상호 이해라 할 수 있다.

아이어른 같이 성숙한 소희의 비밀 일기장에는 '상처'에 대해 겁을 내지 않는 당찬 모습이 엿보인다. 그녀는 책에서 '상처 입은 조개만이 진주를 키울 수 있다.'는 구절을 읽고, 조개 속의 상처가 오랜 세월을 거치면서 진주가 되는 것이므로 자신의 마음속에 진주를 키우겠다고 일기장에 적기도 한다.

제3부는 '바우'에 대한 이야기이다. 엄마를 일찍 여의고 아버지와 사는 바우 역시 결손에 대한 상처를 고스란히 안고 지낸다. 바우는 엄마를 잃은 충격으로 대화하고 싶은 사람하고만 이야기하는 '선택적 함구증'에 걸려 있다. 바우는 그 원인을 세상과 만나는 문이었던 엄마가 없으니 아무한테도 이해받지 못할 것이라 생각했기 때문이라 했다.

그렇지만 바우는 비록 독백일지언정 하늘나라에 있는 엄마와 끊임없는 대화를 함으로써 자신의 생각을 키워나간다. 자신을 늘 지켜봐 주는 소희와 깊은 교감을 나누고, 미르에게도 관심을 보이며 친해지려 노력한다.

바우가 제일 이야기하고 싶은 아이는 미르였다. 그 아이에게 엄마 잃은 충격으로 말까지 잃었던 자신의 이야기를 들려주고 싶었다. 미르를 알기 전, 바우는 한 번도 남의 아픔에 대하여 생각해 본 적이 없었다. 그저 자신의 아픔 속에 갇혀 빗장을 지르고 다른 사람들의 마음을 들여다보려고 하지 않았던 것이다.

미르의 아픔을 알게 되고서야 비로소 바우는 자기 아픔을 밖에서 들여다 볼 수 있게 되었다. 그리하여 미르에게도 자신의 아픔을 밖에서 바라보라고 이야기해 주고 싶었다. 그러면 그 아이가 받은 마음의 상처도 좀 가벼워질 것 같았다. 바우의 이런 마음의 변화는 자기 및 상대방 들여다보기, 혹은 상호 비추어보기를 통하여 획득된 것이었다는 점을 주목할 만하다.

제4부는 세 아이 모두에 대한 이야기이다. 영농회장인 바우 아빠와 미르 엄마의 허물없는 교류가 장미꽃 바구니로 인해 연애 사건으로 오해를 받는다. 서울에서 사는 미르 아빠의 재혼과 소희 할머니의 죽음으로 인해 세 아이는 또 한 번 상처를 받는다. 그러나 그러한 일들을 겪으면서 세 아이는 차츰 가까워지고 다른 사람의 상처도 들여다보게 된다.

예컨대 마음의 문을 닫고 '온몸에 날카로운 가시를 가득 세우고 누구도 가까이 오는 걸 꺼려하는 듯한' 미르도 말문을 닫아버린 바우의 마음을 읽을 수 있게 된다. 그리하여 아버지를 잃어버린 자신의 경우에 비추어 미르는 바우가 다른 사람들과 이야기하는 아이로 변하게 하는 역할을 해 주고 싶어 했다.

할머니의 죽음으로 혼자가 된 소희가 작은집으로 떠나며 자신의 소중한 비밀일기장을 미르에게 준 것도 상처를 공유하고 함께 보듬어 나가자는 언약의 의미가 있다고 하겠다.

그리고 그때 바우가 소희에게, "다른 나리꽃은 땅을 보면서 피는데 하늘말나리는 하늘을 보면서 피어. 소희, 너를 닮았어."하며, 하늘말나리 그림을 선물한 것도 자신의 내면을 떠나 상대를 성찰할 수 있게 되었다는 것을 반증하는 일이라 할 것이다. 또한 같은 상처를 안고도 셋 중 가장 다기지게 살아온 소희처럼 앞으로 씩씩하게 살아갔으면 하는 희망을 담은 것이기도 할 것이다.

이상에서 보듯 가족의 붕괴와 해체로 인한 가정 결손은 자기정체성의 상실을 낳거나 부모에 대한 적대감으로 이어지기 마련이다. 미르가 엄마에 대한 반감을 가진 것이나 바우가 그의 아버지가 진료소장과 재혼하려고 한다고 오해를 하며 부정적 반응을 보인 것을 그 예로 들 수 있다.

이렇듯 내면의 아픔 때문에 자기 자신에게만 갇혀 있던 세 주인공은 다른 사람의 상처를 이해하고 감싸 안으면서 주위 사람들을 이해해 간다. 이런 과정을 종합해 보면 '교육이나 강의를 통해서가 아니라 서로 마음을 주고받는 일이 아이들을 치유한다'는 원리의 작은 실증을 엿볼 수 있다.

그리하여 이 소설은 비슷한 처지에 있는 친구들과 서로 비추어 보기를 통하여 가족 결손의 상처 치유라는 성장의 비밀을 체험하기에 적합하다고 여겨진다.

이 작품('너도 하늘말나리야')은 각자 자신의 내면을 들여다보는 것과 타인과 소통하고 교감하는 방법, 곧 상호 비추어 보기를 통하여 가족 결손의 상처를 치유해가는 세 아이의 이야기입니다. '상처 입은 조개만이 진주를 키울 수 있다.'고 하거니와 이 소설은 이와 유사한 처지에 있는 아이들에게 치유의 희망을 비춰 줄 것입니다.

학생과 함께하는 활동

1) 이 작품('너도 하늘말나리야')에서 세 아이가 서로의 아픔을 들여다보며 자신의 상처를 치유해가는 과정을 정리해 보자.

2) 자신이 지닌 어려움이나 고민을 해결하기 위한 실마리를 비슷한 형편이나 처지에 있는 친구들의 경우를 통하여 얻게 된 체험을 이야기해 보자.

2. 형제 갈등으로 진로 정체성의 혼란을 겪고 있다면?

19세 | 이순원 | 세계사 | 1999

'행복'의 반대말은 '불행'이 아니라 '비교'라는 말이 있다. 그런 만큼 부모의 진로지도에 있어서도 자녀들끼리 비교하지 말며, 각각의 자녀에 대한 개성을 인정하고 끝까지 믿어준다는 것은 중요한 일이다.

이순원의 성장소설 '19세'는 진로지도 코드로 읽기에 좋은 작품이다. 성장에 따르는 성적 호기심 등을 제외하면 이 작품의 주류는 '정수'의 진로 문제라 할 수 있기 때문이다.

여기에서는 진로지도의 관점에서 이 소설이 유의미하게 넌지시 알려주는 2가지 점에 대해 주목해 보고자 한다. 하나는 형제 갈등과 진로 정체성 혼란에 관해서이며, 다른 하나는 주인공 정수의 일탈에 대한 아버지의 대응 태도에 대한 것이다.

먼저 형제 갈등의 양상을 살펴보자. 이 소설에서 주인공 '이정수'가 자신의 적성 성찰을 통해 진로를 설정하지 못한 심리적 원인은 '형제 갈등'에서 찾을 수 있다. 곧, 가정과 학교의 주위 사람들이 동생 '이정수'를 그대로 인식하지 않고 형 '이정석'과 비교의 관점으로 대하는 데 대한 반항심이 그의 정체성 혼란을 야기시켜 올바른 진로 설정을 방해한 것이라 볼 수 있다.

그의 정체성 혼란은 우선 형의 '공부'와는 다른 방식으로 그보다 빨리 훌륭하게 되고 싶다는 생각으로 출구를 찾게 된다. 중3 때 친구 승태네 집에서 그의 공부를 도와주면서 자신도 공부를 충분히 하여 좋은 성적(전교 1등)을 올려놓고도 이런 반응을 보인다.

"억지로 부담을 가지고 벼락치기로 한 공부여서 그런지 왠지 그건 형이 성공할 길이지 내가 성공할 길이 아닌 것 같았다. 왜냐면 나는 '공부가 아닌 다른 길로 형보다 더 훌륭한 사람이 되어야'하니까."(40쪽)

이렇듯 그가 빨리 어른이 되고 싶다고 생각한 이유, 더 구체적으로 말하면 상고를 나와서 빨리 돈을 벌고 싶다는 이유도 '공부가 아닌 다른 길로 형보다 더 훌륭한 사람이 되어야한다는 강박 관념에서 나온 조급증 때문이라는 분석이 가능하다.

게다가 담임도 어머니도 사사건건 형과 비교하여 말을 함으로써 그를 자극하게 된다. 상고 진학 원서를 써온 정수에게 담임이 물었다.

"왜, 니는 니 형처럼 공부하기 싫나?"

"저는 형처럼 공부로 성공할 것 같지가 않습니다. 얼른 고등학교를 마치고 돈을 벌 생각입니다."(99쪽)

집에서 엄마는 인문계 고등학교 진학을 권유하는 말을 듣지 않는 정수에게 형만큼 공부도 못하면서 공부 가지고 부모 속을 썩이느냐고 나무란다. 그러자 그는 엄마가 말한 대로 형처럼 공부를 잘하지 못하니까 상고를 가는 것이라고 대답한다.

그리하여 그는 '공부'를 통한 성공은 형의 전유물인양 포기를 해버리고, 아니면 그것(형의 방식)에 대한 염증을 느껴 고의로 회피하는 듯한 심리를 보여준다. 이와 같이 '형은 훌륭한데 너는 왜 그 모양이니?'하는 식의 핀잔에 정수는 자기만의 개성을 찾겠다고 다소 엉뚱한 방향으로 나아간 셈이다. 정신의학에서는 정수의 이러한 반응을 '자기 개성화(individuation)' 과정의 하나로 본다.

실제로 그의 형에 대한 시각을 드러낸 '할 줄 아는 거라곤 공부밖에 없는 사람'이라는 말에는 형의 특기인 '공부'에 대한 혐오감이 묻어난다. 결국 집에서의 자기 존재에 대해서도 '우리 집은 형만 있으면 되니까'하는 체념 어린 생각을 하기에 이른다.

이러한 형제 갈등으로 인한 진로 정체성 혼란이 정수 자신의 적성 성찰의 여지를 빼앗아 버렸다는 것은 우리가 주목할 점이다. 막상 상고로 진학하고 보니 왼손잡이인 정수는 결정적으로 주산 셈에 부적합하다는 것을 발견하게 된다. 그러자 그에게는 상업계 공부 전체가 자신에게 맞지 않는 것으로 여겨졌다. 이러한 사정을 정수는 이렇게 밝히고 있다.

내가 상고를 선택한 것은 졸업과 동시에 한국은행 같은 델 들어가 남보다 빨리 돈을 벌자는 것이었다. 그러나 그것만 생각했지, 나중에 그런 데 근무하는 것에 대한 적성은 둘째 치고 우선 그런 데 들어가기 위해 해야 하는 공부에 대한 적성을 전혀 생각하지 않은 것이었다. 이제 딱 한 달밖에 지나지 않았는데, 상고에서 중점적으로 하는 공부가 전혀 내 적성에 안 맞는 것이었다.(113쪽)

이러한 상고에서의 부적응은 농사를 지으며 돈을 버는 어른이 되고 싶다는 '성급한 일탈'을 재촉하는 결과로 이어졌다. 오늘날 시각으로 보면 정수에게 절실하게 요청되는 것은 '진정 나의 적성이 무엇일까?'하는 진지한 고민이라 하겠다.

그의 동료인 '김병하' 학생도 상고가 적성에 맞지 않아 고민하고 있지만, 그는 그래도 예술(문학)을 하고 싶다는 분명한 자기 성찰이 있었다. 다만, 문학을 하고 싶어하는 그를 담임 선생님이 잘못하여 '밴드부'로 보낸 결과 '자퇴와 예술을 말하고' 다니는 모습이 읽는이를 안타깝게 할 뿐이다.

다음으로 주인공 '정수'의 일탈에 대한 아버지의 대응 태도를 살펴보자. 이와 관련하여 한 가지 눈여겨 볼 것은 '정수'를 제자리로 되돌아오게 할 수 있었던 아버지의 현명한 생각이다. 그는 '정수'의 생각이 워낙 완강해서 2년 동안의 일탈을 허용했지만 아들이 본 자리로 돌아오리라는 믿음을 잃지 않았다.

학교 다니기 싫다고 제 손으로 책에 불을 지르긴 했다만, 지금은 그렇다 해도 나중에라도 니가 니 갈 길을 잘 찾아갈 거라는 걸 애비가 믿기 때문에 보내는 게야. 학문이든 뭐든 세상 살며 한두 해 무얼 늦게 시작한다고 해서 마지막 서는 자리까지 뒤처지는 것도 아니고.(163쪽)

세상을 오래 산 사람으로서 축적해온 경험과 지혜의 소산으로 아버지는 아들에게 돌아올 것을 계속해서 각인시킨다. 또한 대관령으로 올라가는 아들에게 독서의 중요성을 설파한다. 그러면서 대관령에 가 있는 동안 학교 공부는 하지 않더라도 아버지가 보내주는 책들을 다 읽어야 한다는 약속을 받아내는 것이다. 책 읽는 것도 큰 공부라고 하면

50

서. 그 영향으로 실제로 대관령 시절 후반기에 정수는 아버지가 보낸 책보다 더 많은 책을 읽게 되었다.

그리고 아버지는 어떤 일이든 때가 있다는 것을 아들에게 자주 강조하였다. 그 결과 정수는 2년 동안(17~18세)의 농사가 '어른 노릇'이 아니라 어설픈 '어른 놀이'였다고 반성하면서 우울해 한다. 그러면서 '어떤 일에도 때가 있다는 것이 아닐까'하는 생각을 하고, 마침내 학교로 되돌아 갈 생각을 굳히게 되었다.

"그래. 늦기는 했지만 니가 제자리로 올 줄 믿었다."(233쪽)

돌아온 탕자를 반기며 아버지는 아들을 믿고 기다린 보람을 찾게 된 셈이다.

이상에서 진로지도의 측면에서 이 소설이 던져주는 시사점을 2가지로 살펴보았다.

두 가지가 모두 부모나 교사가 청소년들을 바라보는 시각의 문제라는 데에 공통점이 있다.

먼저, 이 작품에서는 자녀나 학생을 저마다의 인격으로 대해야 한다는 평범한 사실을 재확인할 수 있다. 흔히 말하는 바와 같이 비교는 금물이다. 불전(佛典)에 앵매도리(櫻梅桃李)라는 말이 있다. 벚꽃은 벚꽃대로, 매화는 매화대로, 복사꽃은 복사꽃대로, 오얏꽃은 오얏꽃대로 개성이 있음을 존중해야 한다는 뜻이다.

그리고 정수와 같이 주위 사람들과의 '비교'로 고민하고 있는 청소년들의 경우에도 꿋꿋하게 자기의 정체성을 지키려는 노력이 필요하다. '나는 누구의 동생이 아닌 나 자신'이라고 당당하게 선언하고, 자신의 할 일을 하는 배짱을 가져야 할 것이다.

또 한 가지, 이 작품에서 발견할 수 있는 시사점은 어떤 경우라도 자녀와 학생을 끝까지 믿는 것이 소중하다는 점이다. 부모와 교사의 자녀 및 학생에 대한 믿음은 오뚝이의 발톱에 묶여진 추와 같다. 그 믿음의 추야말로 한 때 넘어져 있었던 청소년들을 다시 일으켜 세울 수 있는 힘의 원천이 되는 것으로, 이것이 이른바 '회복탄력성'의 한 요인이 되는 것이다.

따라서 이 소설은 형제 갈등으로 진로 정체성의 혼란을 겪고 있는 자녀를 바른 길로 이끌어 주는 길을 모색해 보는 데 있어 하나의 실마리를 제시해 주는 작품이라 할 것이다.

이 작품('19세')은 두 가지 측면에서 진로 지도 중심으로 읽기에 좋은 청소년 소설입니다. 하나는 부모가 비교의 관점으로 바라보았을 때 생기는 형제 갈등과 그것으로 인한 정체성 혼란의 해소 문제입니다. 다른 하나는 아들 '정수'에 대한 믿음을 끝까지 이어간 아버지의 대응 태도입니다. 둘 다 부모가 자녀를 바라보는 시각의 문제와 관련되어 있다는 데에 유의점이 있습니다.

1) 이 작품('19세')에서 주인공 '정수'가 가정에서와 학교에서 형 '정석'과 비교 당한 측면을 정리해 보자.

2) 여러분이 '정수'처럼 형제·자매나 주위의 친구들과 비교 당하는 일로 괴로워하고 있거나 고민해 본 적이 있는가? 현재 진행되고 있는 상황이면 어떻게 해소할지에 대하여, 해소된 상황이라면 그 극복 체험을 말해 보자.

3) 이 작품('19세')의 '정수' 아버지처럼, 여러분의 부모님이 자신을 끝까지 믿어주신다고 느낀 적이 있다면 그 때의 상황과 기분을 말해 보자.

부모는 '나는 무조건 네 편'이라는 뜻을 전하기 바란다.

부모님도 가능한 한 자식들에게 '나는 무조건 네 편이다.'하는 마음을 전하길 바랍니다. 아무 말하지 않아도 마음이 통하는 경우도 있지만 그렇지 못한 경우도 많습니다.

"나는 네게 어떤 일이 일어나더라도 반드시 너를 지키겠다. 너를 뒷받침한다. 네가 '착한 아이'이기 때문에 사랑하는 것이 아니야. 공부를 잘하기 때문에 소중히 하는 것도, 열심히 하니까 좋아하는 것도 아니야. 너이기 때문에 좋아하는 거란다. 만약에 전 세계 사람들이 너를 비난하고, 모든 이가 너를 괴롭힌다 해도 나만큼은 반드시 너를 지킨다. 너는 나만은 믿어도 좋다!"

새삼스럽게 이렇게 말할 필요는 없지만 '마음'도 역시 어떤 '형태'로든 전하지 않으면 알 수 없는 면이 있습니다. '잡음'이 많은 현대에는 더욱 그렇지요.

자신을 있는 그대로 받아주는 사람, 나의 행복을 나 이상으로 기뻐해 주는 사람이 한 사람이라도 있고, 또 그런 사람이 있다고 늘 생각하는 사람은 그리 심하게 잘못된 길로 들어서지 않는 법입니다.

자식을 한 인간으로서 존경하고 믿어주기 바랍니다.

그리고 자식도 때때로 쉬고 싶을 때가 있습니다. 부모는 자식의 그런 모습을 보면 게으름을 피운다고 생각하지만, 다음을 위해 에너지를 충전하고 있는 경우도 많습니다.

반 년 정도 지나면, 활기차게 다시 시작하는 경우도 왕왕 있습니다. 포근하게 감싸주어야 할 때에 다그치면 역효과가 나는 경우도 있습니다.

―이케다 다이사쿠, '희망대화(보급판)', 화광신문사, 2014(초판 8쇄), pp.161~162

3. 성공 지상주의 아버지의 강압에 오히려 꿈을 잃었다면?

미국의 유명한 임상 심리학자이자 라이프 코치인 스테판 B. 폴터는 자녀의 인간관계와 사회적 성공을 결정하는 아버지의 유형을 5가지로 제시하고 있다. 성공 지상주의형, 시한폭탄형, 수동형, 부재(不在)형, 배려하는 멘토형이 그것이다. 그 중 팀 보울러의 '스쿼시'에 등장하는 두 아버지는 성공 지상주의형에 속한다. 그리하여 이 작품의 중심 갈등은 자녀를 스쿼시 선수로 키우려는 두 아버지들의 지나친 성공 지상주의에서 비롯되고 있다.

스쿼시 | 팀 보울러 | 놀 | 2008

먼저 주인공 '제이미'의 아버지 '론'은 모든 것을 성공 아니면 실패의 이분법으로만 본다. 그래서 아들 제이미가 스쿼시 시합에 지면 용돈도 주지 않을 뿐만 아니라 때리기를 서슴지 않곤 했다. 그래서 제이미에게 스쿼시 경기장은 감옥으로 느껴진다. 재미로 시작한 스쿼시가 이제는 고통 그 자체로 바뀌게 된 것이다. 아버지의 돈을 훔쳤다는 도둑 누명까지 쓰게 된 그는 깊은 상처를 입고 아버지의 폭력과 강압에 대한 분노와 반항심을 가진 아이가 되어 갔으며, 결국 가출을 하게 된다.

제이미의 라이벌 '데니'의 아버지 '밥 파웰'은 1등만 좋아한다. 스쿼시 시합에서는 무조건 이기기만을 바라는 뜻으로 고래고래 고함을 치며 아들 데니를 응원하는 버릇이 있다.

'제이미'와 '데니'는 이러한 두 아버지가 지닌 성향의 희생양이 되고 있다. 또한 데니의 쌍둥이 여동생 '애비'는 스쿼시를 잘하는 오빠 '데니'만을 편애하고, 잘하는 것이 없는 자신은 사람 취급을 하지 않는 아버지에 대한 불만으로 가출을 하게 된다.

제이미는 자신을 세계 최고의 스쿼시 선수로 만들려고 하는 아버지의 기대가 버겁고, 경쟁만을 강요하는 환경이 무섭기만 하다. 그래도 그가 고통을 견디며 꿈의 탐색으로 나아갈 수 있었던 요인은 무엇일까?

첫째, 비밀 일기장을 기록하며 자신의 마음을 가꾸었다. 제이미에게는 '스파이더'라는 절친한 친구가 있었다. 그의 집은 화목했다. 그는 일기장에 이렇게 희망 사항을 기록해 두었다.

> 스파이더네 가족처럼 나와 아버지도 따뜻한 관계를 맺을 수 있을 거야. 아버지가 나를 존중해 주었으면……(81쪽)

둘째, 자신이 훈련을 받고 있는 체육관의 그레그 관장의 충고를 귀담아 듣고 실천하였다. 그가 스쿼시를 즐기지 못하고 마지못해 하고 있다는 것을 간파한 그레그 관장은 자신이 원하는 것을 스스로 결정할 것을 권하며 이렇게 말했다.

> "만일 스쿼시가 더 이상 즐겁지 않다면 여기서 그만 두어야 해. 아니면 잠깐 동안 긴장을 풀고 여유를 가지는 것도 좋지. 스쿼시 말고 다른 것을 찾아 시도해 봐. 사람들을 더 많이 만나보는 것도 좋겠지. 스쿼시에 관심이 없는 사람들이면 더 좋고."
> (153쪽)

그는 관장의 말대로 아버지의 강압에 못 이겨 억지로 하고 있는 스쿼시를 그만두겠다고 선언했지만 아버지는 그를 다시 때리기에 이른다.

셋째, 동반 가출을 통한 소녀 '애비'와의 만남이 그의 생활을 바꾸는 큰 계기가 되었다. 둘 다 외롭고 괴로운 처지에서 함께 있어줄 친구가 필요하다는 점에서 만남이 성립된 것이다. '애비'는 '오랫동안 그늘 속에 지낸 우리는 둘 다 그림자'라며 동류의식을 드러낸다. 또한 제이미는 자신처럼 방황하는 소녀, 애비를 만나면서 자신의 문제와 속마음을 알게 되고, 현실과 맞서 싸울 용기를 얻게 된다.

'애비'와 함께 한 일탈 여정을 마치고 돌아온 후 제이미는 주체성을 가지고 자신의 목표의식을 뚜렷이 할 수 있게 되었다. 그리고 딸에 대한 부당한 차별 대우로 마침내 가출로 내몬 '애비'의 아버지에 대한 분노를 바탕으로 지역대회에서 데니를 이겨 복수를 해야겠다고 생각한다. 결국 지역대회에서 데니를 보기 좋게 제압한 후 그는 아버지에게도 주체성 회복 선언을 했다.

"아버지로서 제대로 된 모습을 보여주세요. 그리고 스쿼시는 잠시 쉬겠어요. 어쩌면 영원히 그만둘지도 모르고요. 그 모든 건 제가 결정하겠어요."(312쪽)

아들이 가출한 후 아내의 죽음을 맞은 제이미의 아버지는 자신의 잘못을 크게 뉘우치게 되었다. 자신이 지금껏 최고만을 추구하느라 비싼 대가를 치렀을 뿐만 아니라 너무도 소중한 걸 잃어버렸다고 후회한다. 권위만 내세운 아버지의 실속 없는 '오이대왕' 노릇이 끝나게 된 것이다. 그리하여 둘은 마침내 서로를 인정하고 화해하기에 이르렀다.

제이미는 아버지 또한 자신처럼 완전히 깨지고 부서졌다는 걸 알았다. 희망은 부서진 것들 속에서 피어난다. 미래에 대한 갈망과 가능성은 그러한 폐허 속에 존재하는 법이다. 그 대가는 혹독하지만 그럼에도 불구하고 생명력은 하늘을 향해 뻗어나간다.(323쪽)

이들의 행적은 '성공한 아이가 행복한 것이 아니라 행복한 아이라야 성공할 수 있다.' 라는 말을 실증할 수 있게 해 준다.

요컨대 이 작품은 주인공 '제이미'가 스스로 주체성을 회복하는 과정을 통해서, 성공 지상주의 아버지의 강압에 오히려 꿈을 잃은 청소년들에게 위안과 치유의 기회를 준다는 데 의의가 있다 하겠다.

지도 주안점

이 작품('스쿼시')은 자녀의 진로지도는 부모의 강압에 의해서는 성공할 수 없고, 자녀가 주체적으로 결정할 수 있는 행복한 자녀라야 성공할 수 있다는 점을 사례로 보여주는 소설이라 하겠습니다. 특히 성공 지상주의 아버지의 강요로부터 벗어나 주체적으로 의사 결정을 할 수 있게 되는 과정을 통하여 유사한 처지에 있는 청소년들에게 위안과 치유의 기회를 줄 수 있을 것입니다.

1) 이 작품('스쿼시')에서 '제이미'가 아버지의 강요에서 벗어나며 주체성을 확보해가는 과정을
   정리해 보자.

2) 이 작품('스쿼시')에서 아버지가 '제이미'에게 그랬던 것처럼 여러분의 의사와 관계없이 부
   모님이 어떤 일을 강요한 적이 있었으면 말해 보자. 그리고 이 경우, 여러분은 부모님을 어
   떻게 설득할 것인지 말해 보자.

제가 정한 것만큼은 반드시 해내겠습니다

　부모님 말씀이 '자기' 의견과 맞지 않는 것은 오히려 당연합니다. 세대가 다르고 감각이나 살아온 환경도 다릅니다. 또 시대도 빠르게 변화합니다. 그러므로 다른 것이 당연합니다. 문제는 그 '차이'를 극복해서 사이좋은 관계를 만드느냐 아니면 다르다고 해서 다투고 말아야 하는가에 있습니다.

　구체적으로는 어머니나 아버지에게 자기 마음을 솔직히 털어놓을 수 있다면 그 방법이 가장 좋다고 생각합니다. 막무가내로 반발만 하면 아무런 소용도 없습니다.

　예를 들어 "저는 어머니가 보내 주시는 기대를 매우 감사하게 여깁니다. 하지만 조금만 더 저를 믿어 주세요. 조금만 긴 안목으로 저를 지켜봐 주세요. 지금 열심히 해야 한다는 것은 잘 알고 있습니다. 하지만 얼마나 분발해야 하는지는 제 스스로 정하고 싶습니다. 제가 정한 것만큼은 어떤 일이 있어도 반드시 해내겠습니다."라든지……

　　　　　　　　　　　　　　　　　－이케다 다이사쿠, '희망대화(보급판)', 화광신문사, 2014(초판 8쇄). pp.153〜154

자녀는 부모의 소유물이 아니다

　자녀는 부모의 소유물이 아니다. 사회를 구성하는 한 인격으로 보고 풍부한 사랑으로 키워야 한다. 자녀의 주체성, 자주성을 지켜보며 건전하고 크게 발전할 수 있도록 신경 써야 한다.

　　　　　　　　　－이케다 다이사쿠, '여성에게 드리는 100자의 행복', 연합뉴스 동북아센터, 2012. p.112.

4. 여행을 통해 세상에 대한 분노를 삭이고 싶다면?

그치지 않는 비 | 오문세 | 문학동네 |
2013

행복 심리학자들은 행복은 사람과 사람의 좋은 관계 속에서 이루어진다고 주장한다. 더구나 여행을 통한 의미 있는 대화가 있는 만남은 매사를 긍정적으로 생각하고 받아들이는 인식 전환의 계기가 될 수도 있을 것이다.

오문세의 '그치지 않는 비'는 19세 자퇴생의 치유 여행을 다루고 있다. 어머니는 교통사고로 숨졌고, 형은 자살을 했다. 아버지는 술주정뱅이로 집에 잘 들어오지 않는다. 이런 충격 속에서 주인공은 심리적 이변을 일으킨다. 야구 배트로 가구를 부수는 등 이상 행동으로 전문가의 상담을 받아 왔다. 그러면서 그는 너무나 화가 났기 때문에 자신의 불우한 처지와 가출 사유를 모두 이 세상 탓이라고 여기고 사람들을 원망하고 싶어 했다.

이렇게 분노를 품고 그는 여행을 떠났다. 도중에 여러 사람을 만나 대화를 나누게 된다. 먼저, 의사 생활이 싫어 그만두고 대형마트에서 노래하는 아저씨를 만난다. 어느 식당에서는 할머니 한 분을 만나 우산을 선물 받으며, "길을 떠나는 사람은 비 올 것을 대비해야한다."(100쪽)는 말을 듣는다. 그는 그 할머니에게 '미세스 산타클로스'라는 별명을 붙였다. 목사를 만나 자의반 타의반 상담을 받기도 한다. 그리고 벼르던 초등학교 동기인 '19번' 여학생을 만난다. 그녀는 자신도 아빠를 잃었지만 외롭지만은 않다고 말해 준다.

이렇게 여행의 과정에서 주인공은 사람들과의 만남과 대화를 통해 자신이 겪고 있는 불행이 세상이나 다른 사람의 탓이 아니라 자기 자신의 탓이라는 심리적 전환을 겪게 된다. 그리하여 그는 어머니와 형이 죽은 것도 모두 자신의 잘못이라는 것을 받아들이기에 이른다.

이후 아들의 전화를 받은 아버지는 지겹게 내리는 비에 대해 이제 비가 곧 그칠 것이라는 의미심장한 말을 들려준다. 다음 순간 주인공은 먹구름 사이로 별을 보며 아버지

60

가 있는 집으로 돌아갈 것을 생각한다. 여행은 끝이 난 것이다. 가족 구성원에게 닥친 불행으로 인한 세상에 대한 분노와 절망도 서서히 삭이며 견디다 보면 해소될 날이 오는 것이다.

언제부턴가 한국 사회에서 개인의 분노로 인한 사건이나 갈등이 증가하고 있다는 보도를 많이 접하게 되었다. 그 이유 중의 하나는 우리 사회가 전반적으로 지나친 경쟁으로 치닫고 있어서 상대적 약자들이 박탈감이나 열패감을 느끼기 때문이라는 지적이 많다.

청소년의 경우도 결손 가족 등 그 원인은 다양하겠지만, 이 소설의 주인공처럼 학교 바깥을 떠도는 '분노의 아이들'이 적지 않다. 다소 개인적이고 특수한 사례이긴 하지만, 이들을 치유하는 하나의 방안이 여행을 통한 유의미한 만남과 대화라 해도 좋을 것이다. 그렇기에 여행을 통해 세상에 대한 분노를 삭이고 싶은 아이들에게 이 작품은 좋은 길벗이 되어 줄 것이다.

지도 주안점

우리가 이 작품('그치지 않는 비')을 통하여 배울 점은 불행의 원인을 남, 혹은 세상의 탓으로만 돌려 분노를 품을 때는 해결의 실마리가 풀리지 않는다는 것입니다. 반면, 좋은 인간관계, 예를 들면 여행을 통한 유의미한 만남과 대화를 통하여 생각을 바꿀 때 해결의 희망이 엿보이게 된다는 점을 주목해야 하겠습니다.

1) 이 작품('그치지 않는 비')에서 주인공은 자신이 겪고 있는 불행이 자신의 잘못이라고 생각
   을 바꾸면서부터 긍정적인 변화를 맞이하게 된다. 가출에서 귀가에 이르기까지 주인공의
   행적을 인과관계를 중심으로 요약해 보자.

2) 공자는 말했다. 어리석은 사람은 문제의 원인을 외부에서 찾고, 현명한 사람은 자신의 내부
   에서 찾는다고. 이 작품('그치지 않는 비')의 주인공처럼 해결의 실마리를 자신에게서 찾으
   면서 문제를 극복한 사례를 이야기해 보자.

함께 읽으면 좋은 글

그치지 않고 내리는 비는 없습니다.

"겨울은 반드시 봄이 되느니라." 이 말은 위대한 선철(先哲)의 금언입니다. 그치지
않고 내리는 비는 없습니다. 아침이 밝아오지 않는 밤은 없습니다. 그리고 봄이 오
지 않는 겨울은 절대로 없습니다.

긴 인생에는 예컨대 건강이 무너져 잠시 쉴 때도 있습니다. 앞이 보이지 않는 상
황, 뜻대로 되지 않는 일이 여러 번 겹칠 때도 있습니다. 그래도 조금씩 앞을 향해
'봄은 멀지 않다.' 하고 자신을 믿으며 나아가는 것입니다. 한 걸음 또 한 걸음, 불굴
의 착실한 발걸음이 바로 '행복의 길' 즉 '해피로드'가 아닐까요.

―이케다 다이사쿠, '해피로드', AK, 2013. p.18.

5. 상처의 응어리, 드러내어 풀고 싶다면?

시인 이상(李箱)은 '비밀'이 없는 사람은 가난하다고 말했다. 그러나 프랭크 워렌이 쓴 '비밀 엽서'(크리에디트. 2008)란 책에 의하면 아픈 비밀을 간직하고 산다는 것이 무척 힘든 일이라는 것을 깨닫게 된다. 자신의 비밀을 엽서에 적어 낯선 이에게 보낼 만큼 사람들은 말하지 못한 상처를 간직하고 살아야 하는 삶의 무게를 힘겨워 한다는 것이다.

이처럼 상처, 혹은 아픔이 없는 영혼은 없는 지도 모른다. 김선희의 '열여덟 소울'도 '흔들리지 않고 피는 꽃이 어디 있으랴'라고 하는 도종환 시인의 시구를 떠오르게 한다. 그래서 이 작품은 평소 가슴에 안고 있는 아픔들을 어떻게 드러내어 해소할 수 있을까 하는 관심으로 읽을 수 있다.

열여덟 소울 | 김선희 | 살림출판사 | 2013

대개 청소년의 상처는 특히 가족 관계의 부재(不在)나 결손으로 인해 발생되는 경우가 많다. 이 소설에서도 주요 세 인물은 조손 가정, 한 부모 가정, 장애인 가정이라는 배경을 지니고 있다.

먼저 화자인 '김형민'은 친할머니와 단둘이 산다. 형민이가 다섯 살 때 집을 나간 남편을 찾겠다며 떠나버린 엄마도 소식을 끊었다. 그래서 그는 어렸을 때 고아라 불리는 설움을 겪었다. 형민이의 친한 친구 '김공호'는 아버지와 단둘이 산다. 한때 캐나다로 유학을 떠날 정도로 잘살았으나, 어머니는 그곳에서 자신의 인생을 찾겠다고 돌아오지 않았다. 이른바 최악의 기러기 아빠 신세가 된 공호 아버지는 사업에 실패하여 빚쟁이를 피해 떠돌이 생활을 한다. 그리고 반에서 유령 같은 외톨이로 지내는 '조미미'의 부모는 둘 다 청각 장애인이다.

그러나 이 세 인물들은 자신의 처지를 비관하거나 주위를 원망하지 않고 꿋꿋하게 살아간다. 형민은 할머니와 살아가지만 자신은 불우하지 않다고 항변한다. 실제로 형민은 재래시장에서 반찬 가게를 하는 할머니를 도우며 담담하게 생활한다. 공호는 열세 살의 나이에 엄마와 웃으며 헤어졌으며, 술과 빚쟁이 때문에 가정을 돌보지 않거나 돌볼 수 없는 아버지를 원망하지도 않는다. 그는 늘 허기진 삶이지만 비관하지 않는다. 조미미 역시 부모의 장애를 있는 그대로 받아들일 뿐 탓하지 않는다. 그녀는 반에서 왕따를 당하고 성적은 꼴찌이지만, 노래 잘하는 재능을 살려 그것만을 유일한 친구로 삼고 묵묵히 견뎌낸다.

이 작품에서 세 인물들은 서로를 지탱하는 데 도움이 되는 우정과 사랑의 관계를 형성하고 있다. 형민이와 공호는 둘도 없는 절친으로 끈끈한 유대를 맺고 있다. 형민이의 마음이 조미미의 노래에 대한 호감에서 비롯하여 차츰 사랑의 감정으로 바뀌게 되자 공호는 둘 사이의 관계 발전을 위한 촉매 역할을 자원해서 수행해 간다.

그러면서 이들 세 인물들은 자신들의 상처와 아픔을 치유하고자 노력한다. 그러나 그런 노력은 대개 개인적인 차원에 그친다. 하지만 더욱 공개적으로 자신들의 아픔과 상처를 드러내어 풀 수 있는 기회가 '전국 노래 자랑'이다. 이러한 이벤트를 계기로 등장인물들은 꾹꾹 눌러왔던 속마음을 털어낸다.

형민이의 할머니는 아들과 며느리를 대신하여 손자를 키우는 소감을 이렇게 풀어 놓는다.

"내 아들 김민섭아, 잘 봐라. 네 아들 김형민이 이렇게 잘 컸다. 네가 어디서 뭘 하든지 간에 이 에미는 네 아들 잘 키우고 있겠다. 절대로 밥 굶어서는 안 된다. 밥심만 있으면 어떤 힘든 일도 다 이겨낼 수 있는 거다. 내 며느리 윤자선아. 잘 봐라. 네 아들 형민이 알아 보겠나? 내 아들 찾으러 갔는데 아직도 안 오는 걸 보면 아직 내 아들을 못 찾았는가 보다. 내 아들 찾을 때까지 네 아들 잘 기르고 있을 테니까 네 아들 찾고 싶거든 내 아들 후딱 찾아오너라. 난 아직 건강하고 살 만하니 시에미 걱정은 말고 내 아들 걱정이나 하거라. 애들아, 사랑한다."(214쪽)

이러한 사연을 전하고 싶은 것이 형민이 할머니가 '전국 노래 자랑'에 나온 남다른 이유였다.

형민이는 그 자리에 참석한 조미미에게 공개적으로 사랑 고백을 한다.

"조미미, 왜 하필 너냐고? 널 좋아하니까. 이게 내 대답이다. 조미미, 좋아한다. 우리 사귀자."(213쪽)

한편 공호는 공호대로 자신의 속 풀이 문구를 플래카드에 적어 왔다.

"김공호 엄마, 사랑해!"(212쪽)

형민은 공호의 플래카드가 노래 자랑에 나온 자신을 응원하는 내용이 아니라 자신의 어머니에게 보내는 메시지임에도 '캐나다에 있는 그의 어머니가 저 플래카드를 봐야 할 텐데……' 하고 염려를 한다.

이와 같이 밝게 살면서도 눌러 간직하고 있던 가슴 한 켠의 비밀스런 어둠을 걸어 내는 작업이 이 작품이 보여주는 고백의 미학이랄까. 상처의 응어리를 공개적으로 드러내어 푸는 방식을 활용하고 싶다면 이 작품을 읽는 것이 도움이 될 것이다.

지도 주안점

가슴 속에 묻어둔 고민은 털어놓으면 후련해지기 마련입니다. 이 작품('열여덟 소울')의 인물들을 통하여 우리는 문제 해결의 한 방안으로 '고백하기'의 미덕을 주목해 볼 수 있을 것입니다.

1) 이 작품('열여덟 소울')에서 전국 노래 자랑을 통하여 인물들이 고백하고 싶었던 내용을 각각 정리해 보자.

● 김형민의 할머니 :

● 김형민 :

● 김공호 :

2) 이 작품('열여덟 소울')의 인물들처럼 자신의 내면에 간직된 고민이 있다면 시원하게 풀어내 보자.

마음을 솔직하게 드러내면 된다.

어떠한 시대에 살든 사람에게는 그 사람만이 걸어가는 삶의 길이 있다. 마음을 솔직하게 드러내면 된다. 하찮아 보이는 목표일지라도 도달하기 위하여 노력하는 것이 자신에게 주어진 삶을 충실하게 사는 것이다.

　　　　　－이케다 다이사쿠, '여성에게 드리는 100자의 행복', 연합뉴스 동북아센터, 2012. p.151.

6. 진로를 찾는 과정에서 가족들과 갈등하고 있다면?

완득이 | 김려령 | 창비 | 2008

　'다문화'는 21세기 한국 사회의 두드러진 관심사 중의 하나이다. 그것이 영화 '완득이'가 사회적으로 주목을 받은 이유일 것이다. 김려령의 청소년 소설 '완득이'의 주인공 '완득이'는 다문화 가정의 자녀이다. 아버지는 난쟁이이고, 어머니는 베트남인이다.

　이 소설에서 청소년 '완득이'의 삶의 상황을 크게 보면 모두 다문화적 문제에 포괄되지만, 우리가 청소년 소설을 읽을 때 가장 관심을 두어야 할 사항 중의 하나는 그 청소년의 삶의 조건과 그것을 어떻게 극복하면서 행복하게 성장해 가는가를 고찰해 보는 일이다. 이것은 일반 학생의 경우나 다문화 가정의 학생이거나 다를 것이 없다. 다만, 다문화 가정 학생의 경우는 극복해야 할 내적·외적 제약 또는 장애 요인이 더 많다는 점을 염두에 두어야 할 것이다. 여기서는 행복한 성장의 요건 중 특히 진로 찾기를 중심으로 다문화 가정의 청소년 '완득이'의 성장기를 살펴보기로 한다.

　'완득이'의 아버지는 난쟁이라는 신체적 장애로 위축된 삶을 살아왔으나 춤을 통해 활로를 모색하게 된다. 그는 아무리 노력해도 세상이 그를 받아주지 않았으나 춤은 그나마 다른 사람과 함께할 수 있는 유일한 힘이었다고 여긴다.

　그러나 장애인 아버지가 춤을 추는 것이 사람들의 웃음거리로 전락하기에 '완득이'는 아버지의 춤을 싫어했다. 어머니 입장에서도 장애인 남편이 주위로부터 푸대접을 받는 것이 별거하게 된 이유였다. 이상한 춤이나 추면서 남한테 무시당하며 사는 남편을 이해할 수 없었던 것이다.

　한편, 주변 사람들의 단일민족 의식의 표출은 어머니를 괴롭히는 원인이 된다. 그리하여 '완득이'에게 어머니는 '한국인으로 귀화했는데도 다른 한국인에게는 여전히 외국인 노동자 취급을 받는 그 분'으로 비춰진다.

　위와 같이 불우한 환경 속에서도 '완득이'의 진로 찾기는 성공적이라 할 수 있다. 우선 행복한 성장의 조건 중 '잘할 수 있는 것을 잘하기'의 길로 들어섰다고 볼 수 있기 때문이다.

'완득이'에게는 '소설가'란 별명이 있었지만 본인도 소설가가 전혀 제 진로가 아니라는 것을 잘 알고 있다. 오히려 겉으로 드러나는 것은 체격 조건이 좋고, 울분을 토해 내기 위한 싸움의 전적이 빛나는 등 이른바 다중지능 중 신체운동 지능이 뛰어난 학생의 면모를 보여 왔다. 그러던 중 외국인 노동자 쉼터에 머물며 킥복싱을 배우고 있던 인도네시아인 핫산을 우연히 만나 체육관에서 함께 그 운동을 배우게 된다.

그러나 '맹부삼천지교'의 실행자인 아버지는 자신은 신체적 장애자로서 춤을 추고 있긴 하지만 팔다리 멀쩡한 아들만은 '싸움질(킥복싱)'을 시키지 않고 싶어 한다. 그런데도 '완득이'는 킥복싱을 진정으로 마음에 들어 한다. 이런 그에게 강력한 우군이 되어 준 사람이 그의 어머니이다.

> "여태 세상 뒤에 숨어 있던 완득이가, 운동하면서 밖으로 나오고 있잖아요. 자기가 하고 싶은 거, 제일 잘할 수 있는 거, 하게 놔두세요."(150쪽)

아버지와 다시 만났을 때, 어머니가 아버지에게 한 말이다. '완득이'의 진로에 대해서 매우 사려 깊게 한 말이라 할 수 있다. '완득이'가 운동을 하고 싶어 한다는 것을 헤아리고, 또 '제일 잘 할 수 있는 것'이라 확인했으니 그것을 할 수 있게 해 주자는 것이다. 더구나 열등감으로 숨어 지내다가 그 운동을 통해서 아들이 세상 밖으로 나오고 있다는 장점도 있다지 않은가.

'잘 할 수 있는 것을 잘 하게 할 수 있게 해 주는 것'이야말로 부모나 교사가 자녀나 학생에게 해 줄 수 있는 최고의 진로지도요, 행복한 성장의 조건을 최대로 충족시켜 주는 일이다. 이는 다중지능 이론의 관점과도 무관하지 않다.

한편, '완득이'의 진로는 여러 사람이 도와주고 있음을 본다. 킥복싱 체육관 관장도 그의 진로에 대한 이해자이다. 운영 형편이 좋지 않아 체육관 문을 닫을 시점이었지만 '완득이'를 받아야 할 것 같아 폐업을 지연시켜 왔다는 것이다.

> "이 녀석을 받으면 안 됐습니다. 근데 체격 조건도 좋고, 근성도 남다르더라구요. 제 안에 핵을 품고 있는데, 그거 잘못 뿜으면 여럿 다치겠다 싶어서 받은 겁니다."(180~181쪽)

관장님의 이 말에는 가정 사정으로 인한 열등감과 분노를 지니고 있으되 신체적 조건은 우월한 그의 기질을 운동을 통해서 발산·승화시킬 수 있도록 이끌어 줘야 한다는 교육적 배려가 담겨 있다.

그리고 어설픈 '매니저'요, 여자 친구인 '정윤하'와 열등감으로 꼭꼭 숨으려는 '완득이'를 세상 밖으로 끄집어낸 담임 이동주 선생의 역할 또한 간과할 수 없다.

'완득이'의 진로 결정에 있어 대단원은 아버지와의 화해·인정에서 찾을 수 있다.

> "너는 내 춤을 인정해 주고, 나는 네 운동을 인정해주고, 우리 몸이 그것밖에는 못하는 모양이다."(177~178쪽)

이리하여 마침내 아버지는 킥복싱을 반대하지 않겠다고 선언한 것이다. 이를 통해 '완득이'는 자신과 아버지가 지녔던 열등감이 오히려 본인들을 키웠다고 긍정적으로 회상하게 된다. 그리고 그의 이러한 긍정적 마인드가 미래에 대한 기대를 가지게 해 준다. 긍정적 마인드 또한 행복한 성장의 한 요소이기 때문이다.

이렇게 볼 때 이 작품은 진로를 찾는 과정에서 가족들과의 갈등을 어떻게 원만하게 해결해 갈 수 있을까 하는 관심을 충족해 줄 수 있을 것이라 생각된다.

나아가 다문화 가정 청소년인 '완득이'가 행복하게 성장하기 위해서는 우리 사회가 준비해야 할 요소가 적지 않을 것이다. 이 작품에서 보듯 '완득이'의 행복은 '완득이'나 '완득이' 가정에 의해서만 달성될 수 없는 것이다. 주변 일반 학생들과 사회 구성원들의 차별 의식이 완화되거나 철폐되지 않는 한 '완득이'의 행복한 성장은 어려움에 봉착할 수밖에 없기 때문이다.

그리하여 이 땅의 많은 '완득이'들이 행복하게 성장하기 위해서는 적어도 우리 사회의 모든 구성원들이 앞으로 보편적 인간주의에 기초한 '글로벌 어울림 문화 의식'을 가진 성숙한 민주 시민으로 거듭나야 할 것이다.

지도 주안점

이 작품('완득이')의 '완득이'는 킥복싱을 하고 싶어 합니다. 다문화 가정이든 일반 가정이든 아이들의 진로 선정에는 가족과 사회의 이해가 필요합니다. 그 핵심은 아이가 '잘할 수 있는 것을 잘하게 할 수 있게 해 주는 것'이라는 점을 이 작품은 확인해 주고 있습니다.

1) 이 작품('완득이')의 '완득이'가 '킥복싱'을 하게 되기까지의 장애 사항은 무엇이며, 어떻게 극복해 왔는지 말해 보자.

2) 여러분이 현재 설정하고 있는 진로를 실현하기 위해서는 어떤 어려움이 있으며, 그것을 어떻게 극복할 것인지 자신의 계획을 써 보자.

7. 청소년 문제에 대한 어른들의 뉘우침이 필요하다는 것을 입증하고 싶다면?

오드리 아쿤·이자벨 파요의 '프랑스 엄마처럼'(북라이프, 2014) 중에 "자신을 사랑스럽게 바라보는 부모의 신뢰어린 눈빛에서 아이는 무엇보다 강한 자신감과 자존감을 얻는다."는 말이 있다. 또한 서울 지하철 3호선역 '사랑의 편지' 중에는 다음과 같은 내용이 있다.

직녀의 일기장 | 전아리 | 현문미디어 | 2008

아버지가 자녀에게 줄 수 있는 최대의 축복은 그들의 어머니를, 즉 자신의 아내를 사랑하는 것입니다. 그렇다면 어머니가 자신의 자녀들에게 줄 수 있는 가장 큰 선물은 무엇이겠습니까? 그 또한 역시 그들의 아버지, 곧 자신의 남편을 사랑하는 것이겠지요.

자녀들이 어린 시절, 서로 사랑하는 부모의 사랑 속에서 받는 축복은 그들에게 어떠한 삶을 살게 할 것인가를 결정하게 한다고 합니다.

그렇건만 전아리의 장편소설 '직녀의 일기장'의 주인공 '직녀'의 경우는 위와 상반되는 가정 상황에서 생활한다. 제2회 세계청소년문학상을 수상한 이 작품은 큰 사건이 등장하는 것은 아니지만 학창 시절에 누구나 한 번쯤 겪었을, 혹은 겪고 있을 이야기를 통해 청소년들과 공감대를 형성하고 있다. 여기서는 열여덟 살 소녀의 성장기인 이 소설을 통하여 청소년의 문제가 부모의 상황이나 특성과 어떤 관계가 있는가 하는 관심으로 살펴보기로 한다.

이 소설의 주요 인물 삼총사는 공통적으로 원만하지 못한 가정 출신이다.

먼저, 소위 학교 '짱'으로 선생님들의 감시 1순위에 있는 열여덟 살 직녀의 경우를 보자. 그녀의 가족은 회사에 젊은 애인을 둔 아빠, 자식들의 대학 진학이 인생의 목표인 엄마, 엄마의 애정을 한 몸에 받는 고3 수험생 오빠, 이렇게 네 식구이다. 엄마와 오빠는 직녀를 무시하고 괴롭힌다.

그녀에게 고민의 제 1순위는 바로 가족(엄마와 오빠)으로부터 홀대받는다는 점이다. 엄마와 아빠는 사이가 좋지 않고 대화가 없다. 엄마는 자식들의 그럴싸한 대학 진학이 인생의 목표인 것 같다. 이런 엄마의 '광팬'인 오빠는 엄마의 애정을 한 몸에 받으며 고3 유세를 톡톡히 한다. 반면 엄마의 '안티'라고 할 수 있는 직녀는 집에서 찬밥 신세로 전락하고 있다.

> "나는 이래서 문제다. 집에서 가족들에게 도통 관심을 받지 못하니, 밖에 나간들 누가 내 쪽을 쳐다봐 주겠느냐는 말이다."(58쪽)
> "내 일이라면 일단 덮어놓고 무시하는 엄마가 못마땅하다."(77쪽)

이렇게 늘 무시하고 괴롭히는 엄마와 오빠에게 서운할 만도 하지만 대체로 의연하게 받아들이고 대처하는 직녀의 모습이 대견하다. 또한 그녀는 늘 매사에 침착하게 대처하고 소소한 감정에 얽매이지 않는 편이다. 그리고 매 장의 마지막에 들어가는 한두 줄의 일기에서는 청소년기의 순수함과 여린 감성을 드러내기도 한다.

한편 학교에서는 삼총사 중 나머지 두 친구와 함께 부딪치기도 하지만 의기투합하며 지낸다. 그러면서 문제아인 자신이 왕따로 전락하지 않고 자기 존재감을 지키기 위해 계속 크고 작은 사고를 치게 되는 이유를 이렇게 말한다. 문제아도 지속적으로 문제를 일으키지 않거나, 곧잘 마주하게 되는 기 싸움을 버텨 내지 못하면 곧장 왕따의 자리로 추락할 위험이 있기 때문이라고.

학교에서도 교내외 사건이 벌어지면 소위 문제아를 호출하는 일로, 가정에서도 그런 일의 주동자나 된 듯한 대우로 인해 부당하게 불신의 늪에 빠진 직녀는 짧은 기간이긴 하지만 가출도 하게 된다. 집과 학교를 떠나 보란 듯 돈을 벌어서, 자신을 무시하던 사람들을 비웃어 줄 생각이었다. 주위 사람들로부터 인정받지 못한다는 것은 삶의 큰 장애라 할 것이기에 이러한 상황의 반전이 직녀에게는 더욱 절실한 문제였던 것이다.

삼총사 중 다른 두 명과 직녀가 만난 인물들도 부모에게 문제가 있는 경우이다. 모델 지망생 '연주'네는 아빠가 따로 산다. 모범생 부류에 속하는 '민정'에게는 엄마가 없다. 직녀가 가출 시 며칠을 묵었던, 중학교 때 친구인 선영이의 경우도 집을 나온 이유가 자

74

신의 아빠의 폭력 때문이었다. 또한 직녀가 아동 보호 시설에 봉사 활동을 나가서 만난 '형철'이도 알콜 중독자와 정신박약인 부모 사이에 태어나 아동 학대를 피하기 위해 시설에 맡겨진 아이였다.

이렇듯 문제 가정에 문제아가 있는 것이다. 이 소설에서 우리가 읽을 수 있는 청소년 문제의 근원 중 하나는 바로 가정의 어른의 문제라 하겠다. 따라서 청소년 문제는 어른의 문제이기에 어른들의 뉘우침이 필요하다는 것을 입증하고 싶다면 이 작품이 적격일 수 있다.

지도 주안점

흔히 문제 가정에 문제아가 있고, 청소년 문제의 근원 중 하나는 바로 가정의 어른의 문제라는 것은 일반화된 사실입니다. 따라서 이 작품('직녀의 일기장')을 통해서 우리가 진지하게 생각해 볼 것은 자녀의 바람직한 성장을 위해서 가정에서 부모가 유념해야 일과 지녀야할 태도일 것입니다. 이 소설을 통해서 찾을 수 있는 바람직한 부모의 태도는 건전한 부부 관계 지니기, 자녀에 대해 편애하지 않기, 자녀를 있는 그대로 인정하고 사랑하기 등이며, 상황에 따라 부모의 깨달음에 필요한 요소를 추가하여 지도할 수 있을 것입니다.

1) 이 작품('직녀의 일기장')에서 청소년인 '직녀'의 성장 환경을 중심으로 볼 때, 가족 구성원들(아빠, 엄마, 오빠) 중, 특히 '엄마'의 문제점이라고 생각되는 것을 정리해 보자.

2) 이 작품('직녀의 일기장')을 읽고 알게 된 사실에 비추어, 여러분의 성장에 긍정적인 도움을 주기 위해서는 가족 구성원 중 누가 어떻게 바뀌면 좋을지에 대해 말해 보자.

아버지와 아들의 관계에 대하여 유교에서는 부자유친(父子有親)이라 하여 오륜(五倫)의 으뜸으로 친다. 부모와 자식은 서로 친밀히 사랑해야 한다는 뜻이다. 그러나 현실에서의 부자(父子) 관계는 그렇게 친밀한 사이가 아닌 경우가 적지 않다. 그러한 가운데도 미국 작가 로렌스 옙의 성장소설 '용의 날개'는 아들이 함께 협력하여 아버지의 꿈을 이루어가는 이야기를 들려준다.

용의 날개 | 로렌스 옙 | 한길사 | 2008

중국에 살고 있는 소년 '월영'은 황금산(중국인들이 샌프란시스코를 일컫던 말)에 살고 있는 아버지를 만나기 위해 미국으로 떠난다. 아버지에 대해 하나도 아는 것이 없던 '월영'은 세탁소에서 일하는 아버지와 감격어린 삶을 시작하게 된다. '월영'의 아버지는 자신의 전생이 용이었다고 믿고 있으며, 당시의 이름을 '풍기'라고 했다. 그에게는 비행기를 만들어 하늘을 날고 싶다는 꿈이 있다. 아버지와 월영은 미국인들의 조롱, 차별 대우 등에도 꿋꿋하게 맞서나간다. 그러면서 중국인을 싫어하는 양귀(미국인)를 피하는 삼촌과는 달리 당당하게 그들에게 배워야 한다고 주장하는 아버지를 따라 양귀가 사는 마을에 자주 가게 된다. 그리하여 미스 휘틀로와 그녀의 조카 딸 로빈네 가족과 교분을 쌓고 서로 도우며 살아가기도 한다.

지진으로 온 동네가 폐허가 된 상황에서도 온갖 어려움을 물리치고 아버지와 아들은 중국인들이 사는 동네를 떠나 산동네로 이사를 한다. 그것은 '하찮은 일들을 하느라고 이 삶을 허비하기에는 세월이 너무 빠르다.'고 생각한 아버지가 "이제부터는 내가 할 수 있고, 또 해야 할 일을 해야겠다."고 선언하고 본격적으로 비행기 만드는 일에 몰두하기 위한 선택이었다.

아버지는 비행기 이름을 '용익호(龍翼號)'라고 짓고 3년 간의 천신만고 끝에 기체를 완성하게 된다. 비행 시험을 남겨 둔 시점에서 중국인들이 사는 동네에 살고 있는 삼촌의 아들인 '흑견 아저씨'에게 비행 시험 자금을 뺏기게 되어 둘은 꿈을 접고 다시 이사를 가려고 했다. 이런 상황을 알게 된 미스 휘틀로가 삼촌 등 중국인이 사는 동네에 도움을 요청하였다. 그 결과 '용익호'를 날리기 위해 이동에 필요한 마차 등 인력과 장비를 지원받게 되어 둘의 꿈은 극적으로 되살아나게 된다. 마침내 '용익호'는 산 정상에서 아버지의 조종으로 얼마간 나는 데 성공하였다. 착륙 과정에서 아버지가 심하게 다치기는 했어도 그들의 아름다운 꿈은 이루어진 것이다.

이와 같은 성공은 '월영'이가 아버지와 실제적으로 협력하는 관계에 있었다는 점에 힘입은 바가 크다고 할 수 있다. 그는 세 사람이 동업하는 세탁소에서 아버지를 도와 빨랫감을 가지러 함께 가거나 끝낸 빨래를 배달하기도 했다. 그렇게 '월영'과 아버지는 미국인이 사는 동네에 함께 다니면서 서로에 대해 많은 것을 알아가게 된다.

어느 시대나 경제적으로 혹은 사회적으로 어려움이 있기 마련이며, 많은 성장 소설들이 아버지와 아들 간의 갈등 속에서 그것의 해결 과정을 소재로 하고 있다. 이에 비해 이 소설의 부자(父子)는 마음을 모아 눈앞에 닥치는 난관을 잘 헤쳐 나왔다. 이처럼 이 작품은 아버지의 꿈을 아들이 함께 협력하여 이루어 가는 가운데 성장해 간다는 특이한 사례를 체험할 수 있다는 점에서 그 의의를 찾을 수 있다. 그리고 그러한 소망을 가진 아버지나 아들이 일독할 만한 작품이다.

함께 읽으면 좋은 작품으로 이순원의 '아들과 함께 걷는 길'이 있다. 부자(父子)가 대관령을 넘으며 이런저런 이야기를 나누는 가운데 아버지는 아들의 생각을 대견스러워하고, 아들은 아버지가 든든해서 좋다고 여긴다. 이 역시 부자(父子)의 협력적 성장의 이야기라 할 수 있다.

지도 주안점

이 작품('용의 날개')은 아버지의 꿈을 아들이 함께 협력하여 이루어가는 가운데 성장해 간다는 특이한 사례를 체험할 수 있다는 점에서 그 의의를 찾을 수 있습니다. 이와 같은 부자 협력 성장 소설 읽기를 통하여 우리는 아들이 아버지와 현실적으로 어떻게 서로 도우며 삶을 향상시킬 수 있을까 하는 점을 탐색할 수 있을 것입니다.

1) 아래의 '아버지와 아들의 아름다운 동행 사례'를 읽고, 자신의 생각과 느낌을 말해 보자.

아버지와 아들이 갈등 관계에만 있는 것은 아닙니다. 여기서는 아버지와 아들이 더할 수 없는 협력적 성장을 이룩한 실화를 소개합니다.

이 세상에는 아름다운 이야기도 많습니다. 특히 전 세계를 눈물로 감동시킨 부자(父子) 딕 호이트와 릭 호이트의 이야기는 매우 감동적입니다. 아버지와 아들이 동행함으로써 기적 같은 삶을 산 것입니다.

아들 릭은 태어날 때 목에 탯줄이 감기는 바람에 뇌성마비와 경련성 전신마비라는 장애를 가지게 되었습니다. 이에 의사는 이 아이를 포기하라고 했습니다. 그러나 아버지 딕은 결코 아들 릭을 포기할 수가 없었습니다.

수년이 흘러 컴퓨터가 나오고 이를 활용하여 릭은 의사 표현을 할 수 있게 되었습니다. 어느 날 갑자기 아들 릭은 달리고 싶다는 소망을 표현했습니다.

그 날로 아버지는 아들과 함께 달리기를 시작하였고, 아들이 15살이 되던 해 그들은 처음으로 8㎞ 달리기 대회에 나가 완주에 성공하게 되었습니다.

이 경기가 끝난 후 아들은 아버지에게 "아버지, 아까 뛸 때만큼은 내가 장애인이라는 걸 느끼지 못 했어요."라고 말했습니다. 다음 순간 부자는 서로를 안고 뜨거운 눈물을 흘렸습니다.

이들은 여기서 멈추지 않고 이후 마라톤 64회, 단축 철인 3종 경기 206회, 보스톤 마라톤을 24회 연속 완주하는 대기록을 세웠습니다. 또한 달리기 및 자전거로 6,000㎞에 이르는 미국 대륙을 횡단하기도 했습니다.

이런 대기록을 세운 후 아들 릭은 아버지에게 "아버지, 고마워요. 아버지가 없었다면 저는 할 수 없었을 거예요."하고 말했습니다. 이에 대해 아버지 딕은 "아들아! 네가 없었다면 나는 하지 않았단다."하고 화답했습니다.

아들 릭과 아버지 딕. 이 두 사람은 부자간의 사랑과 믿음으로 세상에서 가장 아름다운 동행의 기적을 만들어 낸 것입니다.

2) 이 작품('용의 날개')을 읽고, 여러분의 아버지 또는 어머니와 함께하고 싶은 일 10가지를 담은 버킷리스트를 작성해 보자.

9. 사소하고 하찮은 고민들에서 이제 그만 벗어나고 싶다면?

인생을 계단 오르기에 비유할 수 있다. 누구나 한 계단에 한 걸음씩 차곡차곡 밟아 오르게 되어 있는 것이 계단이다. 때로는 다리에 힘을 주고 이마에 땀을 씻으며 오르는 수고로움을 참고 견디지 않으면 안 된다. 이때의 수고로움은 나만이 아니라 다른 사람들도 마찬가지로 겪고 있다는 점을 청소년들은 잘 살피지 못한다.

열네 살의 여름

열네 살의 여름 | 베치 바이어스 |
한길사 | 2003

베치 바이어스의 '열네 살의 여름'의 여주인공 '사라'의 경우도 그랬다. 그녀는 사춘기 소녀 특유의 여러 가지 고민에 빠져 있다. 지난해까지만 해도 사라의 생활은 물 흐르듯 평온했다. 올해 들어 사라의 마음은 불만으로 가득 찼다. 자기 자신과 자기 생활과 식구들에 대해 화가 나고, 다시는 무엇에도 만족하지 못할 거라는 생각이 들었다. '사라'는 또한 자신의 큰 발에 불만을 느끼고, 운동화의 귤색도 마음에 들지 않아 새롭게 물들이지만 실패한다. 감정의 기복도 심해 행복하다가도 금세 아무 이유 없이 우울해지기도 한다. 그녀는 또 외모가 중요하다고 생각한다. 언니, '완다'에 비해 못생겼다고 생각하며 열등감에 젖기도 한다. 언니 '완다'가 "몸이 안 좋은 거야?" 하는 질문에 사라는 자신의 기분을 솔직히 말한다. 몸이 아픈 게 아니라 그냥 기분이 안 좋은 거라고. 그리고 당장이라도 소리를 지르고, 걷어차고, 뛰어올라 커튼을 찢어 내리고, 침대보를 갈기갈기 찢고, 망치로 벽에 구멍을 내고 싶다고. 이렇게 자기 자신의 용모나 주변의 사소한 것에서도 짜증과 불만을 일삼는 생활을 하게 된 그녀였다.

이랬던 '사라'가 자신의 삶의 태도를 일시에 바꾸게 된 계기가 발생했다. 남동생 실종 사건이 그것이다. 정신지체아로 말을 못하는 남동생 '찰리'는 이전에 집 인근 호수에서 보았던 고니를 보려고 밤에 혼자 집을 나섰다. 그는 길을 잃고 밤새 헤매다 결국 어느 골짜기에 갇혀 울다 지쳐 잠이 들게 된 것이었다.

실종된 장애인 동생을 찾아야 한다는 과제 앞에 놓인 그녀는 14세의 여름을 이렇게 회상하기에 이른다.

올여름엔 별것도 아닌 일로 수백 번이나 울어 놓고선 발이 크다고 울고, 비쩍 마른 다리 때문에 울고, 코가 못 생겼다고 울고, 심지어 멍텅구리 운동화 때문에 울었잖아. 그런데 정말 슬픈 일이 생기니까 눈물이 남아 있지 않아.(152~153쪽)

어렵게 산골짜기에서 동생을 찾고 난 뒤의 '사라'의 기분은 자신도 이유를 알 수 없을 만큼 좋아졌다. 그녀의 기분이 그렇게 달라질 수 있었던 것은 자신의 작은 고민들이 실종된 동생 찾기라는 큰 과제를 해냈다는 성취감 속으로 묻혀버릴 수 있었기 때문이라 여겨진다. 그러한 '뿌듯함과 안도감'에다 나쁜 아이로만 여겼던 또래 남자 친구 '조 멜비'가 동생을 찾는 일을 함께 도와주었을 뿐만 아니라 자신을 파티 파트너로 지목해 준 데서 느낀 자긍심도 그녀를 달라지게 한 요인이 되었다. 또한 무심할 것만 같았던 아버지로부터 동생 '찰리'의 안부를 묻는 장거리 전화를 받으며, 그녀는 '삶이란 높낮이가 다른 계단이 길게 펼쳐져 있는 것'이라는 인식을 새롭게 하게 되었다.

그리하여 사라는 산다는 것은 평탄하지 않은 계단을 오르는 일과 같다는 것을 깨닫게 되었다. 돌이켜보면 그녀는 그 계단 한 가운데에서 스스로 만든 감옥에 갇혀 꼼짝 않고 웅크리고 있었던 셈이다. 열 살 몸으로 세 살배기 아이로 살고 있는 동생도 낑낑대며 계단을 올라오고 있었고, 식구를 위해 몸과 마음을 다 바친 아버지는 멀찌감치 떨어진 계단 아래에서 지친 걸음을 쉬고 있는 것처럼 보였다. 그 순간 사라에게는 모든 것이 분명해졌다. 자기만 불행한 것이 아니라, 누구나 가파른 계단을 한 걸음 한 걸음 힘겹게 올라오고 있다는 것을 알게 되었던 것이다.

말하자면 장애아인 남동생 실종 사건을 해결한 체험을 계기로 자신의 작은 고통에만 갇혀 있던 '사라'는 다른 사람들도 고민을 안고 살아간다는 것을 인식하게 된 것이다. 다른 사람들이 자신보다 더 큰 고통을 겪으며 살아가고 있음을 깨닫고, 그것의 해결에 스스로 동참하게 되면서 자아의 범위를 확대하게 되었다. 이렇듯 사춘기를 극복하는 데에는 다양한 성장 고통을 겪는 사람이 자신뿐이 아니며, 또래 친구들이나 이웃들도 모두 깊은 구덩이를 훌쩍 뛰어넘으려고 발버둥치고 있다는 사실을 체감하는 것이 도움이 된다는 것을 알 수 있다.

그리하여 사라는 상대적으로 자신의 용모나 신체에 대한 문제는 별것 아님을 인식하게 되었으며, 이로써 그녀는 사춘기의 가파른 골짜기를 빠져 나가며 한 계단의 빠른 성장을 이루게 된 것이다. 따라서 이 작품을 읽는 청소년들은 타인의 고통에 대한 응시를 통하여 스스로 만든 작은 고민의 감옥이라 할 사춘기의 골짜기에서 벗어나는 작은 지혜를 터득할 수 있을 것이다.

지도 주안점

이 작품('열네 살의 여름')은 복잡한 기분과 감정에 빠진 사춘기 소녀 '사라'의 자기 극복 체험이라 할 수 있습니다. 그녀가 사춘기라는 고통의 골짜기를 빠져나올 수 있었던 핵심적 요인은 자기만 불행한 것이 아니라 다른 사람들도 고민을 안고 살아간다는 것을 깨달은 것입니다.

따라서 이 작품을 읽는 청소년들은 타인의 고통에 대한 응시를 통하여 스스로 만든 작은 고민의 감옥이라 할 사춘기의 골짜기에서 벗어나는 작은 지혜를 배울 수 있을 것입니다.

1) 이 작품('열네 살의 여름')의 '사라'는 사춘기 소녀의 복잡한 감정을 잘 극복해 냈다. 그녀가 사춘기라는 고통의 골짜기를 빠져나온 과정을 정리해 보자.

2) 이 작품('열네 살의 여름')의 '사라'가 겪은 '열네 살의 여름'은 남동생 실종 사건을 해결하면서 자신뿐만 아니라 주변 모든 사람들이 고민을 안고 살아간다는 것을 깨닫고 자신의 작은 고민들을 떨쳐버린 의미 있는 시기이다. 여러분도 어떤 계기로 자신이 괴로워하고 있는 일이 가볍고 하찮은 것이라 느끼고 해소한 체험이 있으면 말해 보자.

3 부

학교

3
장

자유로운
영혼으로
성장하고파

1. 좀 더 인간적이고 자유로운 성장을 위해 고민하고 있다면?

모두 아름다운 아이들 | 최시한 |
문학과지성사 | 1996

우리가 만일 오염된 실내에서 늘 생활하고 있다면 그 오염 정도를 잘 느끼지 못할 수 있다. 그러다 잠시 바깥 공기를 호흡하고 돌아왔을 때는, 예컨대 새삼스레 냄새가 나는 등의 이상 징후를 발견할 수 있을 것이다.

최시한의 '모두 아름다운 아이들'은 교육 현장에 종사하는 분들에게 일상적으로 으레 그렇게 해온 일들에 대하여 미처 느끼지 못했던 측면을 새롭게 일깨워 준다. 그리하여 이 작품은 성인의 시각에서는 우리 학교 현장의 질서 유지 혹은 규제라는 경직성(硬直性)과 인간다움 및 자율성의 신장이라는 유연성(柔軟性)의 문제에 대하여 사색의 실마리를 제공해 주고 있는 것으로 여겨진다. 그리고 청소년의 관점에서는 자유로운 자아 형성을 위한 어린 영혼의 몸부림으로 읽을 수 있을 것이다.

'한 고교생의 자아 형성 과정을 통해 청소년들의 고민과 입시 위주로 치닫고 있는 교육 현장의 허상을 그리고 싶었다.'는 것이 이 작품에 대한 작가의 의도이다. 그런 만큼 다섯 편 곳곳에는 우리 교육 현장에서 엿볼 수 있는 경직된(지나치게 규율 등에 얽매여 있는) 상황, 곧 그것에서 자유롭고 싶은 학생들의 의식이 드러나고 있다.

첫째 작품 '구름 그림자'를 보자. 진학 만능주의에 젖어 있는 우리의 교육 현실을 '나(선재)'는 그 속에 들어 있으면서도 그런 줄을 모른다는 의미에서 '구름의 그림자'라고 파악한다. 그는 "도대체 대학 얘기를 빼고는 말을 할 수 없는 것일까"하고 반문하면서, 삼수생인 순석이에게 편지를 쓰는 등 인간적인 관심을 기울인다. 순석이는 '몸이 약한데다 집도 가난하고 누구한테나 똑똑하다는 소리를 듣던 애가 막상 시험에는 두 번이나 실패해서 충격 속에 빠져 있는' 친구이다. '구름 그림자'라는 상징성이 우리 학교 현장은 좀 더 인간적인 애정의 영토여야 하지 않을까 하는 문제 제기를 해주고 있는 것으로 보인다.

둘째 작품 '허생전을 배우는 시간'에서부터 부 주인공이라 할 '윤수'가 등장한다. 병약한 그는 운동장 조회 시간에 뙤약볕을 견디지 못해 쓰러져 양호실 신세를 진다. 그것이 걱정이 되어 '나'는 '수학과 화학책을 뒤지는 것보다 양호실에서 '윤수'하고 있는 편이 낫다'는 생각을 하는, 인간적인 측면을 보여준다.

그리고 윤수가 '허생전'의 줄거리를 파악하면서 끝 문장에 "아무도 자기를 알아주지 않아서, 허생은 아무도 모르는 곳으로 가 버렸다."라고 쓴 데 대하여, '나'는 그가 남들이 자기를 알아주지 않는다고 느끼기 때문에 허생의 마음을 그렇게 읽은 것으로 여긴다. 그 다음 윤수의 발언이 급우들의 웃음거리가 되었을 때도 '나'는 그것을 안타깝게 여겨 그를 도와주려는 대답을 구사했으나 여의치 못했다. 여기서 '윤수'와 같은 소위 부적응 학생을 교육 현장에서 어떻게 도와주어야 하는가에 대해 다각적 협의가 필요하다.

그 후 전교조 참여 교사라는 이유로 국어 선생님이 학교에 들어오지 못한 데 대해 윤수는 운동장에 누워 항거하였다. 이에 대해 담임 선생님은 의도적으로 딱딱하고 강하게 "저, 저 녀석이 퇴학당하고 싶어서!" 하는 반응을 보인다. 한편, 국어 선생님의 사랑을 받고 누구보다도 '허생전'을 잘 이해한다는 '나'는 국어 선생님의 해직에 아무런 이의를 제기하지 못함으로써 관찰자의 모습을 잘 드러내 주고 있는 셈이다.

셋째 작품 '반성문을 쓰는 시간'에서는 '나(선재)'가 중심이 되어 있다. 주인공 '나'는 노인 혼자 사는 조용한 집에 집회 신고 없이 친구들과 모여 밤새 놀려고 했다는 이유로 무기정학 처분을 받게 된다. 순수한 의도에서 시작한 학생들의 축제가 불순한 모임으로 낙인찍혀 참가자 모두가 벌을 받게 된 사건이다. 작가는 이런 처분이 교무 회의나 학생 선도위원회의 결정이 없이 내려진 것으로 그림으로써 교육 현장의 유연성이 부족한 학생 처벌에 대한 반성을 촉구하려 한 듯하다.

넷째 작품 '모두 아름다운 아이들'은 표제작이다. 여기서는 다시 '윤수'에 대한 관찰의 비중이 커진다. '윤수'는 자율 학습 시간에 사라지는 등 이상한 행동을 하기 시작한다. 어느 날 그는 어른용 바바리코트를 입고 학교에 나타난다. 왜 입었느냐는 질문에 대한 그의 대답은 "입고 싶어서"였다. 생물 시간에 배운 적자생존의 문제로 고민하던 그는 대학 진학 기원을 위한 촛불 의식 행사인 '기원의 밤' 행사에 나타나 "각자의 촛불을 끄면 아무도 패배하지 않는다."라고 외친다. 이 이야기를 통해서 독자들은 '윤수'와 같이 어려움에 처해 있는 학생들에 대한 따뜻한 배려가 필요하고, 지나친 경쟁이 감수성 예민한 학생들에게 어떻게 상처가 되는지를 느끼게 될 것이다.

다섯째 작품은 '섬에서 지낸 여름'이다. 고3 여름을 보충수업도 받지 않고 섬에서 지낸 '나'는 '윤수'의 편지를 받는다.

학교를 그만 둔 그는 '대망 아카데미'라는 스파르타식 교육을 하는 학원에 강제로 입학하게 되었다. 그는 물론 거기서도 적응을 하지 못하고 탈출한다. 행선지는 그가 학교를 그만두기 전부터 자유가 있는 학교라고 듣고 있었던 '두레학교'였다. 이 두레학교는 말하자면 '대안(代案)학교'의 성격을 띠는 곳이다. 1998년 이후부터 전국에는 많은 대안학교가 설립되었다는 점을 감안하면 이 소설의 선견지명(先見之明)이 돋보인다 할 것이다.

이상에서 살펴본 바와 같이 이 작품은 우리 학교 현장의 질서 유지 혹은 규제라는 경직성(硬直性)과 인간다움과 자율성의 신장이라는 유연성(柔軟性)의 조화 문제에 대하여 사색의 계기를 마련해 주고 있다. 우리는 학교 현장의 일상적 상황과 관행(慣行), 곧 으레 그렇게 해온 일들에 대하여 인식을 새롭게 하는 가운데 질서 유지를 위한 최소한의 규제에 바탕을 두고 어떻게 하면 학생들의 자율성을 증대하는 유연성을 획득할 수 있을지에 대하여 더 많은 고민을 할 필요가 있지 않을까 여겨진다. 다시 말하면 학생들의 시각에서 보면 보다 더 인간적이고 자유로운 성장의 조건 속에서 자아 형성을 하고 싶다는 절실한 몸부림을 드러낸 소설로 주목해야 할 것이다.

지도 주안점

이 작품('모두 아름다운 아이들')은 보다 더 인간적이고 자유로운 성장의 조건 속에서 자아 형성을 하고 싶다는 청소년들의 절실한 항거와 몸부림을 드러낸 소설이라 할 것입니다.
교육에 임하는 어른들의 입장에서는 어떻게 하면 학생들의 자율성을 증대하며 유연성 있게 지도할 수 있을지에 대하여 더 많은 고민을 할 필요가 있다는 점을 일깨워 줍니다.
한편, 우리가 놓치지 말아야 할 것은 이 작품의 '나(선재)'와 '윤수'와 같은 이른바 부적응 학생들을 어떻게 도와줄 것인가 하는 점이라 생각됩니다. 실제로 이런 학생들을 위해 교육 현장에서는 일반 전문 상담실인 위클래스(Wee class), 진로진학상담실, 대안 교실이 운영되고 있으며, 이 운영자들이 서로의 지혜를 모아야 할 것입니다.

1) 이 작품('모두 아름다운 아이들')을 읽고, 등장인물 '나(선재)'와 '윤수'가 비판적으로 느끼고 생각하는 학교 현실의 모습을 정리해 보자.

2) 여러분은 오늘날 학교 현장에서 어떤 측면의 자율성이 더 증대되어야 한다고 생각하는지에 대한 견해를 말해 보자. 아울러 만일 여러분이 어느 대안 학교의 정책을 마련하게 된다면 어떤 교육제도를 만들어 낼 수 있을지 생각해 보자.

3) 이 작품의 '나(선재)'와 '윤수'와 같은 이른바 부적응 학생들을 도와주기 위해서 일반 전문 상담실인 위클래스(Wee class), 진로진학상담실을 운영하는 선생님들이 어떤 노력을 하고 있는지 조사 체험 활동을 해보자.

2. 누구나 한 번쯤은 했을 법한 또래 친구들의 체험들을 공유해 보고 싶다면?

단어장 | 최나미 | 사계절 | 2008

청소년들은 청소년 소설들을 통하여 자신의 삶의 문제 해결이나 성장을 위한 전략들을 탐색할 수 있다. 그것은 물론 청소년 작중 인물과 독자로서의 그들 자신의 경험 사이에는 상호 관련성이 있기 때문이다. 그리하여 청소년 소설에 등장하는 인물들은 또래 청소년들에게 강력한 역할 모델들로 동일시할 수 있는 기회를 준다. 이러한 동일시를 통하여 청소년들은 자신의 삶과 가치관을 변화시킬 수 있는 잠재성을 획득하게 된다.

최나미의 '단어장'은 '중학교 생활백서'라 하거니와, 청소년들의 이야기, 곧 그들의 생체험 유형을 읽을 수 있는 작품이라 할 수 있다. 이 소설의 주인공은 14세, 은란여중 1학년 6반 진우령이다. 소설 제목 '단어장'에 대해서는 본문 어느 곳에도 직접 언급된 것이 없으나 '시차 적응, 피장파장' 등 8개의 소제목이 곧 8개의 단어로 구성되었다는 점에서 붙여진 것으로 볼 수 있다. 따라서 이 소설의 주요 내용은 이 8개의 단어를 중심으로 엮어진 14세 소녀 진우령의 사춘기 입문 체험들이다. 이 체험의 유형들을 여기서는 네 가지로 정리해 본다.

첫째, 변화 유형으로서 새 친구에 대한 기대감을 읽을 수 있다.

우령은 중학교에 입학하면서 6학년 때까지 알던 친구들을 빼고 새로운 친구들을 많이 만났으면 하는 기대를 가졌다. 바라던 대로 초등학교 친구들이 같은 중학교로 별로 오지 않았지만, 4학년 때 같은 반이었던 '신열매'라는 친구와는 피할 수 없이 같은 반에서 만나고 말았다. 둘은 서로를 상대적으로 만만한 존재로 여기고 있고, 특히 우령은 신열매를 새로울 게 없다고 배척하면서도 떨어질 수 없는 교우 관계를 유지해 간다. 역시 친구는 오랜 친구가 부담 없이 좋은가 보다.

한편, 우령은 '혜린'이라는 친구와 사귀어 보려 애를 쓰지만 다른 아이들의 말처럼 역시 코드를 맞추기 어려움을 실감하게 된다. '4차원'이란 혜린의 별명처럼 다른 친구들과의 '접속'이 안 되는 것을 확인한 셈이다.

이밖에도 우령과 신열매를 중심으로 이합집산하는 교우 관계가 그려져 있거니와, 이처럼 사춘기 청소년들에게 교우 관계는 필수적인 관심사가 아닐 수 없다.

둘째, 가족 관계 유형으로서 엄마와의 대립, 자매 갈등이 드러나 있다.

아동기에서 청소년기로 이행하는 과정에서 청소년들이 겪는 또 하나의 갈등 유형은 가족 간의 관계 속에서 자기의 위치, 혹은 정체성 확립과 관련되는 문제이다. 여기에는 청소년의 발달 상 반항 심리도 한 몫을 한다 하겠다. 이 소설에서는 크게 두 가지 징후를 발견할 수 있다.

먼저, 우령과 어머니와의 취미 대립이다. 엄마는 야구광인데 비해 우령은 반항적으로 축구광이 된다. 그래서 스포츠 중계를 두고 두 대의 TV를 따로 시청하기에 이른다. 그런데 어느 날 엄마가 우령의 동의도 없이 TV 하나를 철거해 버린 것이 발단이 되어 급기야 1일 가출 소동을 벌이기까지 한다. 이를 통해 보면 자기 자녀라 해도 인권을 존중해 주는 것은 역시 소중한 일이라 할 것이다.

또 하나는 자매 갈등의 징후이다. '권영채' 학생은 같은 중학교 졸업생인 수재 언니 둘과의 비교에 큰 부담을 느끼고 있다. 우령은 그녀를 통해 '잘난 언니들의 존재에 이리 치이고 저리 받친 막내의 상처'를 읽어 낸다. 영채의 성적 향상에 대한 압박감은 급기야 한문 시험 부정 사건으로 연결되고, 사태 무마를 위한 전학으로 일단락을 짓게 된다. 실제로 그녀는 언니들이 남겨 놓은 오답노트 등의 자료를 활용하여 수행 평가에 훌륭하게 대처함으로써 주변 아이들의 주목을 받게 된다. 그러나 결국은 정당하지 못한 방법으로 시험에 임하다 '일그러진 영웅'으로 전락하게 되었다. 2학기를 마칠 무렵 영채가 우령에게 보낸 편지에 의하면 그녀는 수재 언니들과 지적인 부모님 사이에서 뿌리 없이 떠다니는 처지였음을 알 수 있다. 이순원의 '19세'에서 보듯 부모의 입장이나 제3자의 입장에서도 형제라고 해서 다 같지 않다는 것을 인정하고, 비교하는 것을 삼가야 한다는 것을 재삼 확인해 주는 대목이다. 그것이 형제, 혹은 자매 갈등을 완화시켜 주는 배려일 것이다.

셋째, 먹거리 유형으로서 급식 불만에 대한 시위 등의 삽화가 소개되고 있다.

10대는 과자에 움직인다는 말이 있듯이 먹거리는 그들에게 중요한 관심사이다. 이것은 그들이 한창 신체적 성장을 이루는 시기임을 감안하면 당연한 일이다.

학교마다 급식 시간엔 식당이 전쟁터로 변하곤 한다. 특히 다인수 학교의 경우는 점심을 못 챙겨 먹는 일도 일어난다. 우령이네 학교에서도 3학년부터 배식을 하게 되어 있어서 1학년들은 배식량 부족으로 충분히 먹지 못하는 실정이었다. 이에 우령이네 1학년 6반 아이들이 불만 표출을 모의하게 된다. 1층 교장실을 중심으로 복도 바닥에 '3학년만 사람인가! 우리도 사람답게 먹고 싶다!' 등의 문구를 써 붙인 것이다. 다행히 교장 선생님의 긍정적인 수용으로 '전 학년 일괄 적용 급식' 방식으로 전환하게 되는데, 이 사건을 통하여 먹거리에 대한 우리 아이들의 예민한 반응을 확인할 수 있다.

넷째, 이성 관계 유형으로서 총각 선생님에 대한 짝사랑 이야기가 펼쳐진다.

사춘기의 열병 형태 중의 하나로 이성 선생님에 대한 짝사랑 현상을 들 수 있다. 이 소설에서도 주인공 우령의 총각 선생님에 대한 짝사랑이 나타난다. 서윤빈 과학 선생님은 우령의 존재 이유가 되기도 한다. 그러나 서윤빈 선생님은 단순히 '중학교 시절 한번 스치고 지나갈 만한 감정'으로 간주해 버릴 뿐만 아니라 자신의 이름도 기억하지 못한 채 '신열매'로 착각하고 있어 우령은 실망하게 된다. 이에 대해 우령은 온당한 대가를 지불하지 않은 '무임승차' 같은 사랑이었지만, 엄연한 자신의 첫사랑으로 여기게 된다.

이 유형과 관련하여 유의할 점은 어른들은 대수롭지 않게 여길 수 있겠지만 해당 학생은 심각하다는 점이다. 따라서 본의 아니지만 대상이 되는 선생님은 해당 학생이 상처를 입지 않고 좋은 추억으로 남을 수 있도록 성의 있고 지혜로운 대처를 할 필요가 있다 할 것이다.

이상에서 본 바와 같이 청소년 소설의 가장 큰 특징은 자신들의 관심사에 해당하는 체험 유형이 담겨 있다는 점이다. 그리하여 이 작품은 일차적으로 청소년기의 또래 체험 유형에 대한 궁금증을 잘 풀어 주고 있다 할 것이다.

이 작품('단어장')은 '중학교 생활백서'라는 별명이 있거니와 중학생들의 생활 체험을 간접적으로 해볼 수 있는 장점이 있습니다. 그런 만큼 특히 중학생 또래의 청소년들이 작중 인물과 독자로서의 자신의 경험 사이의 상호 관련성을 통하여 자신의 삶의 문제 해결, 혹은 성장을 위한 전략들을 탐색하도록 이끌어 주는 것이 바람직하겠습니다. 이것은 또한 일반적인 청소년 소설 읽기의 가치이기도 합니다.

학생과 함께하는 활동

1) 이 작품('단어장')을 읽고, 주인공 '우령'처럼 사춘기 청소년으로서 여러분이 현재 겪고 있는 특징적인 또래 체험에 대해서 이야기해 보자.

2) 여러분이 읽은 청소년 소설 중에서 자신의 삶의 문제 해결, 혹은 성장을 위한 전략들을 탐색하는 데 도움이 되었다고 여겨지는 작품을 골라 다음과 같이 활동해 보자.

● 작품의 내용을 소개해 보자.

● 이 작품이 자신의 생활 문제 해결, 혹은 성장을 위한 전략들을 탐색하는 데 어떻게 도움이 되었는지 이야기해 보자.

3. 자유 의지로 내 삶의 자존 및 본질을 찾고 싶다면?

나는 아름답다 | 박상률 |
사계절 | 2002

사람들은 누구나 자기 주도적으로 살아가기를 원한다. 그러나 현실 속 우리의 삶은 원하지 않는 방향으로 끌려가는 경우가 적지 않다. 더구나 자신의 정체성을 확립해야 하는 청소년들의 경우는 이러한 상황이 더욱 바람직하지 못하다 할 것이다.

박상률의 '나는 아름답다'라는 작품은 주위로부터 휘둘리는 청소년이 참다운 자아 찾기를 위해 몸부림치는 모습을 잘 드러내 준다. 이 소설의 주인공 '나'(남선우)는 시골에서 인근 도시로 유학을 왔으며, 시인을 꿈꾸는 고등학교 2학년의 문학 지망생이다. 중학교 때 어머니가 갑자기 암으로 돌아가신 뒤 혼자서 멍하니 창 밖을 내다보며 생각에 잠기는 일이 많다. 언젠가 책에서 '시인은 가슴으로 말하는 사람'이라는 글을 읽은 뒤로 시인이 되기로 마음 먹었다. 그러다 보니 문학과 철학에 관심이 많아 '허무의 끝'이라는 통신 동호회에 자주 글을 올린다. 이런 '나'를 아이들은 '개똥철학자', 또는 줄여서 '개철'이라 부른다.

'나'는 어머니를 여읜 허전함을 달래기 위해 자신의 처지를 조금이나마 이해해 주는 유일한 친구 '준수'와 어울려 여기저기 쏘다녀 보기도 하지만 별다른 흥미를 느끼지 못한다. 세상과 겉돌수록 '허무의 끝'으로 들어가 글을 남기거나 눈매가 어머니를 닮은 미술 선생님에게 점점 더 집착한다.

그러던 어느 날 예기치 못한 사건이 일어나고 그 사건으로 인해 '나'는 '문제아'로 낙인 찍히게 된다. 부모님이 학교에 찾아오지 않는다는 이유로 가뜩이나 그를 못마땅하게 생각하던 담임 선생님은 하숙집 딸인 홍미가 거짓으로 둘러댄 말만 듣고 그가 본드를 마신 것으로 단정하고는 사사건건 그를 괴롭힌다. 게다가 미술 선생님을 마음에 두고 있던 담임 선생님이 그가 미술 선생님에게 카드를 보낸 사실과 미술 선생님이 그를 두둔해 주었다는 이유로 끊임없이 그를 경계한다.

그러던 중 '허무의 끝' 동호회에서 곧잘 글로 마음을 나누던 박수현을 만난다. 워낙 몸이 약해 병에 시달리고 있던 수현은 그와 많이 닮아 있었다. 그러나 이미 미술 선생님에 대한 그리움으로 꽉 차 있는 그의 마음에 수현은 들어설 여지가 없다.

그런 와중에 심한 태풍으로 인해 아버지는 1년 농사를 다 망쳐 집안 형편이 어려워진다. 홍미의 끈질긴 유혹과 추근거림이 귀찮았던 그는 그 참에 돈이 적게 드는 자취방으로 거처를 옮긴다. 방학 동안 이래저래 보충 수업을 빠질 수밖에 없었던 그는 학교에서 이제 돌이킬 수 없는 문제아가 되어 버리고, 유일한 친구였던 준수와도 점점 더 멀어진다.

담임 선생님의 괴롭힘과 아이들의 따돌림이 괴로웠던 그는 학교에 점점 더 흥미를 잃는다. 게다가 미술 선생님도 결혼과 함께 학교를 그만둔다. 짧은 만남이었지만 동질성을 느끼던 수현이마저 허무하게 죽고 만다. 남은 희망은 새 학년에 올라가면 담임 선생님도 바뀌고 이런저런 괴로운 상황으로부터 벗어날 수 있지 않을까 하는 것이었다. 그러나 3학년으로 올라가던 날, 2학년 때의 담임이 또 담임이 된 것을 알게 되었다. 그러자 모든 것이 허무해진 그에게 학교는 아무런 의미가 없다는 것을 느끼게 되었다. 시장 통에서 준수와 홍미가 나란히 팔짱을 끼고 걸어가는 것을 본 후 그들조차 그에게서 떠났음을 알게 된다. 그는 고심 끝에 자퇴를 하고 시인의 꿈을 더욱 다지며 교문을 나선다. 그리고 퍼뜩 스치는 깨달음이 그에게 다가왔다.

'이 세상에서 가장 소중하고 아름다운 존재는 바로 나야. 그래, 나는 아름답다. 그리고 세상없어도 아름다워야 한다. 그리고 지금은 바로 그 아름다운 나를 위한 첫 걸음을 시작하는 순간이다.'(197쪽)

이렇게 선우는 자신의 의지와는 상관없이 규정되는 또 다른 '나'를 거부하고 떠나게 된 것이다. 그것은 또한 어른들이 만들어 놓은 규격화되고 획일적인 울타리 안이 추하고 거짓투성이라는 것을 발견하고는 마침내 그 울타리를 박차고 나가는 일이기도 하다. 말하자면 그 울타리 안 문제아로서의 존재를 과감하게 버리고 자신을 사랑하기로 결정한 것이다.

이상에서 보듯 이 소설은 어머니의 부재와 담임 선생님 및 또래 아이들로부터의 따돌림 등으로 인해 학교생활에 쉽게 적응하지 못하고 갈등과 방황을 거듭하는 주인공 남선우가 자기 정체성을 찾고 자신의 길을 개척해 가는 과정을 그린 작품이다. 그러기에 이 작품은 자유 의지로 자신의 삶의 자존 및 본질을 찾고 싶은 청소년들에게 어떻게 살아가야 할까 하는 모색에 대한 시사점을 주는 소설이라 여겨진다.

지도 주안점

우리는 어제보다는 오늘이, 오늘보다는 내일이 더 나은 날이 되기를 바라며 살아갑니다. 그런 나날 중 현재 시점에서 '나'를 아주 새롭게 바꿔보자고 다짐하는 것은 중요한 결단일 것입니다. 이 작품('나는 아름답다')의 '남선우'를 통하여 우리는 자신의 의지와는 상관없이 규정되는 또 다른 '나'를 거부하고 새로운 '나'를 만들기 위해 떨치고 나서는 면모를 엿볼 수 있습니다. 청소년들은 여러 이유로 갈등과 방황을 하기 마련이지만 자신의 길을 새롭게 개척하여 삶의 자존 및 본질을 찾고 싶은 청소년들에게 이 작품은 용기와 격려를 줄 수 있을 것입니다.

1) 이 작품('나는 아름답다')의 '남선우'가 담임 선생님과 또래 아이들로부터의 따돌림 등의 여러 어려움으로 방황하다가 마침내 "이 세상에서 가장 소중하고 아름다운 존재는 바로 나야. 그래, 나는 아름답다."라고 선언하게 되기까지의 과정을 요약하여 정리해 보자.

2) 여러분이 이 작품('나는 아름답다')의 '남선우'처럼 어떠한 계기로 현재 시점에서 '나'를 아주 새롭게 바꿔보자고 다짐한 체험이 있으면 소개해 보자. 또는 현재 자신의 모습 중 가장 바꾸고 싶은 점에 대해 이야기해 보자.

4. 개성을 꽃피우는 진로 설정의 필요성을 실감하고 싶다면?

수레바퀴 아래서 | 헤르만 헤세 |
소담출판사 | 1993

인도 영화 '세 얼간이'는 바람직한 진로 선택의 문제를 성찰하게 해준다. 세 얼간이는 인도 최고의 명문 공대생들이다. 공대 진학 자체가 집안을 일으키는 출셋길인데다 이들의 목표는 자신의 적성에 관계없이 모두 미국 회사에 들어가 돈을 버는 것이다. 학부모와 학교도 그렇게 부추기고 있어 대학 생활이 끝없는 경주가 되기 마련이다. 그중 주인공인 셋째 얼간이는 그런 진로 사슬을 깨고 '머리'가 아닌 '가슴'이 원하는 바를 취한다. 말하자면 자신이 좋아하는 것을 선택하여 성공에 이른다는 이야기이다. 이처럼 진로 설정은 개성을 꽃피우는 것이 되어야 바람직하다는 원리를 헤르만 헤세의 소설 '수레바퀴 아래서'를 통하여 살펴보기로 한다.

이 소설의 주인공 한스 기벤라트는 독일 슈바르츠발트의 작은 마을에 사는 뛰어난 머리를 가진 소년이다. 그는 집이 가난했고, 또 당시의 우수 학생이 대개 그랬듯이 신학교에 입학하게 된다. 그 때문에 낚시, 수영 등의 소년이 좋아하는 놀이는 금지되고, 그리스어·라틴어 공부를 밤 늦게까지 함으로써 건강이 나빠지고 있었다. 주 시험에 합격해서 휴가를 맞이하고서도 목사와 교장 선생은 예습을 강요하여 한스는 두통에 시달린다.

신학교에서도 모범생이었던 한스는 시를 쓰는 자유분방한 '하일너'라는 소년을 만나 가깝게 지내게 된다. 그는 이미 자기 나름의 길을 걷기 시작하고 있어 한스와는 대조적이었다. 그럼에도 한스는 하일너와의 우정으로 행복감을 느끼게 된다.

하지만 하일너와의 교제로 낭비한 시간으로 인해 성적이 떨어지자 교사들은 하일너와의 관계를 떼어놓으려 한다. 하일너는 신학교를 뛰쳐나와 퇴학 처분을 당하지만 한스에게 하일너는 소중한 친구였기에 상실감을 느끼지 않을 수 없었다. 그러는 중에 한스는 피로를 심하게 느끼게 되어 몸과 마음이 지치는 신경병에 시달린다. 결국 한스는 요양을 해야 한다는 의사의 권유로 신학교를 나오게 된다.

100

고향으로 돌아온 한스는 늦가을 어느 날 엠마라는 한 처녀를 사랑하게 된다. 하지만 엠마에게 있어 한스는 연애 장난 상대에 불과했다. 엠마가 자신의 고향으로 돌아가 버리자 희망을 잃은 한스는 기계 견습공이 된다. 그러던 중 옛 친구였던 기계공 아우구스트의 꾐으로 소풍을 가서 잠시 슬픔을 잊게 되지만 곧 깊은 환멸에 빠진다. 이튿날 한스는 강변에서 익사 시체로 발견된다.

이처럼 이 소설은 한 소년의 인간성이 어른들의 명예심과 규격화된 인물을 만들려는 교육제도에 의해 파괴되어 가는 과정을 보여주는 작품이다. 곧 자유로운 정신을 보장하지 못하는 규격화된 관습 및 제도의 문제점을 여실히 보여 준다.

주에서 실시하는 시험 공부를 하는 동안 명예욕에 물든 교사들과 교장, 아버지는 한스가 느끼는 중압감에는 아랑곳하지 않는다. 오로지 구둣방 주인 플라크만이 이런 중압감을 이해할 뿐이다.

엄한 아버지와 교장 및 선생님들의 권고에 따라 우수한 학생들의 집단인 신학교 진학을 목표로 전심전력을 다하여 뜻을 이루지만 그 대가로 한스는 청소년기의 인격 형성에 가장 본질적인 가족이나 자연에 대한 사랑을 일찌감치 포기할 수밖에 없었다. 게다가 불행히도 어릴 때 어머니를 잃은 한스에게는 아버지의 강압적인 영향력만이 미치게 되는 상황이었다.

한스는 감수성이 예민하고 자연을 좋아하는 소년이었다. 고향에서 자연을 사랑하며 살았던 추억을 간직하고 사는 한스이었기에 숲속의 호수를 좋아하고 시 짓기에 열중하는 하일너에게 빠져들 수밖에 없었을 것이다.

이 소설에서 한스와 하일너는 극히 대조적으로 그려져 있지만, 두 소년의 모습은 '합일을 지향하는 상호 보완적 성격'을 띤다고 할 수 있다. 결국은 하일너도 한스의 다른 모습으로 이해된다. 하일너를 통해 자신이 점점 변해가고 있다는 사실을 인식하게 된 한스의 두려움은 내면 깊숙이 잠재되어 있던 또 하나의 억압된 자신의 다른 모습에 대한 심리적 반응에 불과한 것이다. 틀 안에 머물려는 한스를 자꾸만 틀 밖으로 튀어 나가게 유혹하는 또 다른 자아가 바로 하일너이며, 그로 인한 고뇌가 한스의 학교생활에 반영된 것이다. 다중지능적 관점에서 본다면 자연친화적 지능을 지닌 소년이 논리수학적지능, 혹은 자기성찰적 지능의 테두리에 갇혀 답답한 형국이라 할 것이다.

결국 자신의 성품과 개성이 맞지 않아 신학교 생활과 공부에 큰 의미를 느끼지 못했던 한스는 몸과 마음에 큰 상처를 입고 고향에 돌아오게 된 것이다.

이 작품에서 한스를 신학교에 보내고 싶어 하는 어른들과, 오늘날 일류 대학에 입학시켜 돈과 권력을 보장받게 하고 싶은 우리 부모들의 모습은 놀랍도록 유사하다. 그러나 객관적으로 좋은 학교, 학과이지만 본인에게 적합하여 행복하다고 느끼지 못한다면 자신의 내면에서 분출하는 거친 에너지를 견디지 못하고 그의 영혼은 결국 산산조각이 나고 만다. 기성세대는 아이에게 좋은 길을 열어 주려고 하지만 그 사랑과 의욕이 지나칠 때, 좋은 길은 오히려 불행한 길이 되기도 한다. 말하자면 '가문의 영광'을 기대했다가 '가문의 위기'를 맞이할 수도 있는 셈이다.

이처럼 자신의 의지가 아니라 남의 힘에 의해 질주하는 수레바퀴는 위험하다. 바퀴살이 하나, 둘 부러져 나가도 멈출 줄 모르고 산산조각이 날 때까지 무조건 내달리게 하기 때문이다. 소설 제목 '수레바퀴 아래서'는 한 번도 스스로 길을 선택하지 못하고 남의 힘에 떠밀려 달려야 했던 소년 한스의 슬픈 삶의 자리를 말해준다.

요컨대 진정한 교육의 의미는 아이들의 개성을 존중하고 그들의 강점 재능을 살릴 수 있느냐 없느냐를 기준으로 진로를 선정할 수 있도록 도와주는 데 있다 할 것이다. 이런 관점에서 볼 때 이 소설은 개성을 꽃피우는 진로 설정의 필요성을 실감하기에 충분한 작품이다.

이 작품('수레바퀴 아래서')은 개성을 꽃피우는 진로 설정의 필요성을 실감하게 해주는 소설의 하나라 하겠습니다. 이 작품을 통해서 우리는 아이들의 적성을 존중하고 그들의 강점 재능을 살릴 수 있는 진로를 선정할 수 있도록 도와주는 것이 진정한 교육의 의미라는 것을 강조할 수 있을 것입니다.

학생과 함께하는 활동

1) 이 작품('수레바퀴 아래서')에서 헤르만 하일너는 공부도 꽤 잘 하지만 자기 내면의 욕구를 실현하는 방향으로, 자신의 길을 선택했다고 할 수 있다. 물론 일시적인 일탈의 문제가 없지 않았지만. 그러나 한스는 자기가 진정 하고 싶은 자연과 함께하는 생활을 포기하고, 주위 사람들이 하라는 대로 공부만 하다가 결국에는 공부에 흥미를 잃고 낙오자가 되고 만다. '한스'와 '하일너'의 개성 및 진로 선택의 공통점과 차이점을 말해 보자.

2) '고문진보(古文眞寶)'에 전하는 중국 당나라의 문호 유종원의 '종수곽탁타전(種樹郭橐駝傳)'이라는 글에 따르면 교육을 나무 기르기에 비유하여 가장 좋은 교육은 천성을 온전히 지켜주며 그것이 잘 발휘되게 하는 것이라고 한다. 이것은 오늘날의 적성을 중시하는 원리나 다중지능 이론에 근거한 교육과도 궤를 같이하는 것이라 하겠다.
여러분이 현재 생각하는 자신의 개성이나 강점 재능은 무엇이며, 그에 따라 어떤 진로를 선택하고 싶은지에 대해 말해 보자.

누구나 무엇인가의 천재입니다.

모두들 개성이 다르면서 모두 어떤 분야에서는 '천재'입니다. 그것을 사명(使命)이라고 합니다. 누구나 자기만이 할 수 있는 사명을 지니고 있습니다. 사명이 있기 때문에 태어났습니다. 그렇지 않으면 태어나지 않습니다.

하늘에 떠 있는 별을 보세요. 무수히 많은 별이 빛나고 있습니다. 그 많은 별이 있는 우주에서 '이 지구'에 또 '지금'이라는 때를 선택하여 여러분은 태어났습니다.

그것은 절대로 '우연'이 아닙니다. 뭔가 의미가 있기 때문에 태어났습니다. 태어나는 것이 바람직하기 때문에 태어났습니다.

자신만이 할 수 있는 '사명'이 있는 법입니다. 반드시 어떤 분야에서는 '천재'입니다. 지금 그것이 무엇인지 모를 뿐입니다.

따라서 절대로 '나는 안 된다.'든지 '머리가 나쁘다.'고 생각해서는 안 됩니다.

−이케다 다이사쿠, '희망대화(보급판)', 화광신문사, 2014. p.37.

5. 학교를 떠난 아이들의 진로 개척 방식을 탐색하고 싶다면?

우리나라 교육에서 '불편한 진실' 중 하나는 세계 최고의 교육열에도 불구하고 학교를 그만두는 학생들이 증가 추세에 있다는 점이다.

김혜정의 '텐텐 영화단'은 학교를 떠난 청소년들의 이야기를 다루고 있다. 이 소설을 통하여 작가는 영화라는 매력적인 소재를 바탕으로 십대들의 고민과 아픔, 성장과 희망을 그려냈다.

텐텐 영화단 | 김혜정 | 사계절 | 2013

열여덟 살 '소미'는 고등학교를 자퇴한 뒤 힘든 나날을 보내던 중 한 케이블 방송사의 '청소년 영화 제작 프로젝트'에 지원해 최종 합격한다. '텐텐 영화단'이라 이름 붙은 이 프로젝트의 목표는 십대들이 스스로의 힘으로 두 달 동안 시나리오 집필, 배우 섭외 등 전반적인 촬영 준비를 한 뒤에 한 달 동안 영화 한 편을 완성하는 것이다. 그렇게 완성된 영화는 국제 청소년 독립 영화제에 출품할 계획이다. 단 조건이 하나 있다. 영화를 준비하고 만드는 과정을 방송국에서 다큐멘터리로 찍어 여름방학 특집으로 방영하는 것이다.

소미는 자신의 모습이 방송에 나간다는 부담감에 잠시 망설이지만, 직접 영화를 만들 기회를 놓치기 싫어 결국 '텐텐 영화단'에 들어가기로 한다.

'텐텐 영화단'에 지원한 건 영화를 만들고 싶어서라기보다, 학교를 그만두고 무언가라도 해야겠다는 생각이 들어서다. 처음 영화단에 지원했을 때만 하더라도 영화를 만들겠다는 욕심은 크게 없었다. 하지만 지금은 영화를 만들고 싶다. 내가 쓴 시나리오의 한 장면 한 장면이 영상으로 옮겨지고, 각 장면이 모여 한 편의 영화가 될 거다. 영화를 만든다는 건, 한 세계의 주인이 되는 것이다.(61~62쪽)

소미 말고도 개성 넘치는 네 명의 아이들이 '텐텐 영화단' 멤버로 합류한다. 187cm의 큰 키를 자랑하는 4차원 소년 조나단, 영화감독이 꿈인 까칠한 성격의 영운, 얼핏 보면 남자로 착각할 만큼 중성적인 매력을 풍기는 한빛, 그리고 아역 배우 출신의 꽃미남 김 다울이 그들이다. 생김새부터 성격까지 닮은 구석이라고는 전혀 찾아볼 수 없는 다섯 아이는 모임 초반부터 크고 작은 의견 충돌을 일으킨다. 이들의 유일한 공통점이라고는 현재 학교에 다니지 않는다는 것인데, 각기 다른 이유로 학교를 그만둔 아이들은 서로에게 쉽사리 마음의 문을 열지 못한다.

그러나 다섯 명의 아이들은 '자화상'이라는 주제로 저마다 가슴속에 품어왔던 이야기들을 카메라 렌즈를 통해 내보내며 서로의 상처를 보듬어 주는 법을 배우게 된다. 그리고 그 과정을 통해 스스로 자라난다.

이상에서 살펴본 바와 같이 '텐텐 영화단'은 자신이 좋아하는 영화를 통해 인생의 방향을 바꿔 진짜 자기 인생의 주인이 되기 위해 외롭고 고된 노력을 기울이는 십대들의 이야기이다. 영화 만들기 프로젝트를 성공적으로 끝마친 아이들은 마법 같았던 영화의 세계를 빠져나와 다시 진짜 세상 앞에 선다. 하지만 아이들은 섣불리 자신들의 미래가 영화처럼 장밋빛으로 펼쳐질 거라 생각하지는 않는다. 다만 확신할 수 있는 건 '영화만큼 재미있는 이야기가 우리를 기다리고 있다.'는 사실이다. 이것이 바로 영화가, 그리고 영화를 만드는 과정에서 서로가 서로에게 준 값진 선물이다.

무엇보다 '텐텐 영화단'은 학교를 떠난 청소년들의 이야기를 정면으로 다루고 있다는 점에서 주목할 만하다. 작가는 지금껏 청소년 문학에서조차 주목을 받지 못하던, 학교를 떠난 십대들을 한자리에 불러내어 그들의 고민을 귀 기울여 듣는다. 그러고는 든든한 믿음으로, 학교가 아닌 더 거칠고 힘든 사회 속에서 자신의 자리를 찾아가는 아이들의 행적을 보여준다. 그런 만큼 이 소설은 영화를 소재로 하여 학교를 떠난 아이들이 동아리 활동 형태로 진로를 개척하는 하나의 방식을 제시해 보이고 있다는 데 그 의의가 있다 할 것이다.

이 작품('텐텐 영화단')은 여러 가지 이유로 학교를 떠난 청소년들의 이야기를 정면으로 다루고 있다는 점에서 주목할 만합니다. 곧 이 소설은 영화를 소재로 하여 학교 밖의 아이들이 동아리 활동 형태로 진로를 개척하는 하나의 방식을 제시해 보이고 있다는 데 그 의의가 있습니다.

우리는 이 작품을 통하여 학교를 떠난 십대 청소년들이 어떠한 고민을 안고 있으며, 학교가 아닌 더 거칠고 힘든 사회 속에서 자신의 자리를 찾아갈 수 있도록 어떻게 도울 수 있을지에 대해서 관심을 가져보았으면 합니다.

학생과 함께하는 활동

1) 이 작품('텐텐 영화단')에서 학교를 이탈한 소위 학업 중단 학생인 '소미'와 다른 4명의 등장인물들이 영화 제작을 통하여 꿈을 키워가는 과정을 정리해 보자.

2) 애플의 스티브 잡스와 마이크로소프트 창업자 빌게이츠, 페이스북 창업자 마크 저커버그, 델 컴퓨터의 마이클 델 등 천재적인 최고 경영자는 대학을 중퇴했다. 그들은 천재로 태어나지 않았다. 실패해도 패자 부활이 가능하다는 믿음이 그들을 천재로 만들었다고 하겠다. 그런 면에서 여러분이 만일 또래 상담자라면 '패자 부활'의 소중함이라는 측면에서 이 작품의 등장인물들에게 격려(상담)해주고 싶은 도움말을 써보자.

3) 만일 여러분이 당장 내일 학교를 그만두게 된다면 자기의 미래를 위해 어떤 일에 매진할지 이야기해 보자.

6. 두발 규정 등의 교칙으로 인해 괴로워하고 있다면?

오늘날 학교에서는 교칙을 지키는 일과 학생 인권 보장 사이에 충돌이 일어나곤 한다. 이 때 어떻게 하면 이것을 균형 있게 잘 해결할 수 있을까?

김해원의 '열일곱 살의 털'은 처음으로 세상에 맞서게 된 열일곱 살 일호의 이야기 속에 학교 두발 문제와 관련된 청소년 인권 문제, 주인공 일호의 가족사, 우리 사회와 역사를 담고 있다. 매년 생일을 할아버지가 해주는 이발로 맞이하는 주인공 일호는 태어나기 전 아버지가 집을 나갔다는 점 말고는 평범한 가정의 모범생이다. '범생이 1호'로 통하던 일호는 어느 날, 체육 선생이 두발 규정을 어긴 아이의 머리에 라이터를 들이대는 것을 보고 이성을 잃는다. 대한민국 열일곱 살들의 머리털을 위해 일호가 두발 규제를 반대하는 1인 시위를 시작한 것이다.

열일곱 살의 털 | 김해원 | 사계절 | 2008

이렇게 주인공 일호는 세상과의 투쟁을 시작했으나 현실은 그리 만만하지 않다. 이 소설의 중심 사건은 두발 규제 폐지 시위를 제안하고 선동 유인물을 작성한 주인공 송일호에게 학교 당국이 정학 30일을 내린 일이다. 이 사건에 대하여 송일호 아버지와 학교 학생 부장의 주장이 팽팽히 맞서고 있다.

먼저 일호 아버지의 주장이다.

"우리나라 학교가 본래 규율을 지나치게 강요하고 아이들은 무조건 복종하도록 만드는데, 이제 바뀔 때가 되지 않았습니까? 아이들의 반대 의견을 권위에 대한 도전으로 받아들여 묵살하고 제재를 가하다 보면 올바른 교육을 해칠 수밖에 없습니다. 안 그렇습니까? 선생님들께서 진작 두발 규제에 대해 학생들의 의견에 귀를 기울였다면 우리 애가 이렇게까지 나서지 않았겠지요. 인간은 누구나 자유를 지향합니다. 열일곱 살이라면 이 정도는 누구의 사주를 받아서가 아니라 스스로 생각하고 행동할 수 있습니다. 저는 우리 애 행동이 크게 문제가 되지 않는다고 봅니다. 설령 시위를 했다 하더라도 말입니다. 도리어 시위는 학생들의 생각을 들을 수 있는 기회가 되었을 테고, 그 뒤 함께 이 문제를 논의해 개선 방향을 찾아 나갈 수 있었을 겁니다. 안 그렇습니까?"(110쪽)

다음은 학생 부장 교사 '오광두'의 주장이다.

"자유. 그래 자유 좋지. 하지만 너희에게 규율이 없는 자유는 결코 날개가 되지 못해. 그 자유는 도리어 너희 날개를 갉아먹을 수도 있어. 너희는 그걸 몰라. 그리고 송일호, 아이들을 선동한 네 행동은 학생 신분으로는 도저히 용납될 수 없는 거야."
(81쪽)

위와 같은 대립이 원만하게 해소되려면 학생의 인권을 소중히 하며 학교의 규율도 지켜지는 것이 바람직할 것이다. 그렇다면 현실적으로 송일호가 정학을 당하지 않고 두발 규제 문제가 잘 해결되려면 어떻게 해야 할까?

그 대안으로 최근 학교 현장에서는 교칙이나 규정의 일부를 학생들이 자율적으로 학생회를 통하여 협의하여 결정하고 스스로 잘 지키는 노력을 기울이도록 하는 방안을 실천하고 있기도 하다. 나아가 학생뿐만 아니라 학부모와 교사 등 교육 공동체가 원만한 협의를 통하여 합의를 도출하는 과정을 거치는 것도 하나의 방안이 될 수 있지 않을까 생각된다.

그러기에 두발 규정 등의 교칙 준수와 학생 인권 보장의 문제로 고민하고 있다면 이 작품의 독서를 통하여 함께 해결 방안을 논의해 보는 계기를 마련해 볼 수 있을 것이다.

지도 주안점

이 작품('열일곱 살의 털')은 학교에서 두발 규제 폐지를 둘러싼 학생과 학교의 갈등을 중심 사건으로 다루고 있지만, 학교 생활 전반의 규칙과 학생들의 자율성의 균형 문제에 관심을 가지고 읽게 될 것입니다.

위와 같은 갈등을 해결하기 위해서는 학생의 인권을 소중히 하며 학교의 규율도 지켜지는 것이 좋을 것입니다. 그 현실적 대안으로 교칙이나 규정의 일부를 학교 교육 공동체가 원만한 협의를 통하여 합의를 도출하는 등의 방안을 모색하며 이 소설을 읽는 것이 바람직할 것입니다.

1) 이 작품('열일곱 살의 털')의 '송일호'가 두발 규제를 반대하는 1인 시위를 시작하게 된 동기와 과정을 정리하고, 이에 대한 자신의 생각을 발표해 보자.

2) 이 작품('열일곱 살의 털')의 '송일호'처럼 두발이나 얼굴 화장 등의 일로 부모님 혹은 선생님과 마찰이 일어나 고민해 본 적이 있는가? 그 일에 대하여 자신의 생각을 말해 보자.

3) 여러분의 학교생활 중 학교 규정을 지키는 일과 여러분의 자유 및 인권을 보장 받는 일 사이의 부조화 문제를 해결할 수 있는 현실적 방안에 대해서 협의해 보자.

규칙에 얽매이는 것이 아니라 양심에 따라 행동하는 것

(교칙이 까다롭다는 의견에 대하여) 분명히 '속박'은 싫은 일입니다.

"소년이여 대망을 품어라!"라는 말로 유명한 삿포로농업학교(현재의 홋카이도대학)의 클라크 박사는 학교가 규칙을 많이 만들려하자 "그런 것으로는 인간을 만들 수 없다."고 반대했습니다.

"규칙은 하나만 있으면 된다. '비 젠틀맨(Be gentleman: 신사가 되어라.)', 이 한 마디면 다 끝난다."

"젠틀맨은 엄격하게 규칙을 지키지만 그렇다고 규칙에 얽매여서 지키는 것이 아니다. 자신의 양심에 따라 행동한다."

고 주장했습니다.

나도 동감입니다. 어떠한 환경에 처하더라도 그 누구도 마음까지 얽매이지는 못합니다. 마음은 자유입니다. 그 어느 것에도 지지 않는 강하고 자유로운 마음의 날개를 가져야 합니다.

－이케다 다이사쿠, '청춘 대화 2(보급판)', 화광신문사, 2007. p.26.

7. 고독에서 벗어나 행복을 찾고 싶다면?

사람들은 누구나 행복하게 살고 싶어 한다. 행복은 삶의 목적이다. 그런데 누구나 도달하고 싶은 행복의 산에는 어떻게 오를 수 있을까?

미리암 프레슬러의 청소년 소설 '행복이 찾아오면 의자를 내주세요.'는 14세의 외로운 소녀 '할링카'가 행복한 느낌을 가지게 되기까지의 과정을 조곤조곤 드러내 준다. 이 작품은 독일 청소년 문학상 수상작으로 사계절출판사의 1318문고 첫째 권으로 출간되었다.

행복이 찾아오면 의자를 내 주세요 |
미리암 프레슬러 | 사계절 | 1997

우리의 삶은 생명 자체의 내적인 측면과 외부와의 관계라는 측면에서 관찰될 수 있을 것이다. 여기서는 전자를 생명의 밀실(密室), 후자를 생명의 광장(廣場)이라 부르기로 한다. 이렇게 보면 개별 존재로서 우리 각자의 생활은 생명(生命)의 밀실과 광장의 관계 속에서 엮어지고 있는 것이라 볼 수 있겠다.

주인공 할링카는 우선 생명(生命)의 밀실(密室) 가꾸기에 나섰다. 그녀에게는 부모가 없다. 그의 어머니는 '영혼에 병이 들어 그녀를 돌보지 않고 학대'했으며, 현재 그녀의 법적 후견인은 로우 이모이다. 이모는 여러 가지 경구(警句)로 할링카에게 지혜를 심어 주었다. 보육원을 거쳐 학교 기숙사 생활을 하는 그녀는 그런 이모를 몹시 그리워하고 있다.

할링카는 학교생활을 잘 하는 편이다. 다만, 받아쓰기가 좀 약하고, 대개 덩치가 크고 힘이 센 아이들 사이에서 상대적으로 약한 아이로 생활하느라 곤란을 느끼고 있다. 그래서 '친구가 있었으면' 하고 바라지만, 사귀고 싶지 않은 아이들이 많기 때문에 아직 친구가 없다. 그러나 그녀는 친구 만들기에 초조해하지 않는다. '궁전을 꿈꾸는 자는 오두막집마저 잃게 된다.'는 생각으로 현실을 직시(直視)하는 지혜를 잃지 않는다.

고독한 소녀 할링카는 로우 이모의 영향으로 마음과 영혼이 소중하다고 여기고 있으며, '허클베리핀의 모험'을 좋아하는 생각이 깊은 아이다. 그녀는 '어머니 쉼터' 모금 행사에서 상품을 받고 싶기도 하고, 이모와 같은 어머니들에게 휴식이 필요하다는 판단 아래 의욕적으로 참여한다.

한편, 할링카는 비밀 습작 일기를 쓸 수 있는 '비밀 장소'(가방 창고)를 마련하고부터 학교생활이 훨씬 수월해졌다. 이것은 현실을 탄탄한 발판으로 하여 나름대로의 돌파구를 만든 것이니, 말하자면 생명의 내면을 가꿀 '밀실'의 준비라는 의미가 있다고 하겠다. 할링카는 비밀 일기를 쓰면서 자신의 내면을 강하게 가꾸어 간다. 우선 그녀는 언행(言行)을 신중히 하였다. 생각을 할 때도 조심해야 하고, 마음속 생각을 함부로 표현하지 말아야 한다는 것을 깨닫는다. 또한 '문득 운 좋게 손 안에 넣은 것에 대해 섣불리 건방지게 행동하면 안 되며 그렇게 하면 일이 잘 안 풀릴 수도 있다'는 것도. 그녀는 또한 좋은 생각을 마음속으로 되새겨 사물의 의미를 재경험하는 버릇이 있다. 이런 버릇이 그녀의 사색을 돕기도 하거니와, 한편으로는 모욕적인 순간을 참아내는 방법으로 활용되기도 한다.

한 번은 이런 일이 있었다. '어머니 쉼터' 성금을 많이 모은 데 대하여 엘리자벳이 "집시들은 선천적으로 구걸을 잘 하니까."하고 야유를 하자, 눈앞이 아찔함을 느꼈다. 하지만 그녀는 그에 대응하지 않고 그 대신 로우 이모가 사준 빨간색 블라우스를 생각했던 것이다. 이것은 '시크릿(The secret)'라는 책에서 말하고 있는, 부정적 감정을 없애고 좋은 감정의 전파를 세상을 향해 내보는 것도 성공의 한 방법이라는 원리를 실천한 셈이다. 이렇게 자제력을 발휘할 수 있는 힘은 오늘날 청소년들에게 참으로 소중한 덕목이다. 많은 경우 학교 폭력의 원인은 자신의 감정 관리 미숙에 있기 때문이다.

밀실에서 자신의 내면을 가꾸어 온 할링카는 이제 그 밀실의 문을 열고 '광장(廣場)'에 이르는 통로에 서게 되었다. 그 통로의 입구(入口)에는 '레나테'라는 친구가 서 있었다. 그녀는 레나테에게 우정을 베풀기 시작한 것이다.

레나테는 기숙사에서 가장 어린 아이였고, 어머니가 감옥에 있는, 말하자면 죄수의 딸이었다. 밤에 잠이 들기 전에 혼자 우는 버릇이 있었지만, 동생으로 삼고 싶다는 친밀감을 느껴왔다. 그러던 중 어느 날 밤, 할링카는 울고 있는 그녀에게 초콜릿을 먹여 달랬다. 그러고는 그녀를 데리고 가 자기 밀실, 곧 '가방 창고'를 공개한다. 뿐만 아니라 나중에 약간 후회하기도 했지만, 엘리자벳의 인형을 가지고 놀다가 마구 때려 주고는 울어 버렸던, 자신의 쑥스러운 이야기를 서슴지 않고 들려 주었다. 레나테는 언니 같은 사람이 있었으면 하는 마음이 있었던 터라 둘은 잘 의기투합하였다. 마음을 나눌 수 있는 소중한 한 친구를 발견한 이날 밤 할링카는 처음으로 행복감 같은 것을 느꼈지만, '의자를 내주는' 데에는 좀 더 신중을 기해야 한다고 생각한다.

이렇게 행복이나 관계도 마냥 기다리기만 하는 것이 아니라 때가 되었을 때는 상대에게 먼저 다가가는 용기가 필요하다 할 것이다. 사람 사이의 관계가 더없이 복잡해 보이지만 진리는 단 한 가지이다. 서로 진심으로 다가서면 통할 수 있는 것이다.

한편, 이미 내면이 강한 아이로 바뀐 할링카는 더 이상 몸집이 큰 아이들에게도 비굴하게 대하지 않고, 그들의 부당한 횡포에 맞서기 시작했다. 엘리자벳이 레나테를 죄수의 딸이라고 공격하는 것을 목격하자 그녀의 정의의 분노가 폭발한다. 엘리자벳은 평소 남을 괴롭히고 시비를 거는 버릇이 있었던 터였다.

"그만둬! 그 더러운 입 좀 다물란 말이야."

마침내 둘은 뒤엉켜 싸우게 되었다. 나이도 많고 몸집도 더 큰 상대와의 이 싸움에서 사실상 이긴 데 대하여 그녀는 자부심을 느꼈다. 곧, 지금까지 일방적으로 당하기만 하다가 용기 있게 되받아친 일은 스스로 자신감을 갖게 되는 계기가 되었다. 이제 당당하게 생활할 것을 다짐하면서,

"남을 절대로 과소 평가해서는 안 된다. 그리고 자기 자신에 대해서는 더더욱 그렇다."라고 비밀 일기에 쓸 말을 생각한다. 남에 대해 겸손하되 자기 비하(卑下)에 빠지지 않는 자세에 대한 깨달음이다.

그 사건 이후 레나테와는 허물없이 서로 터놓고 마음을 여는 사이로 발전하게 된다. 레나테도 할링카에게 인형을 선물했으며, 자기 어머니가 감옥에 간 내력에 대해 서슴없이 얘기한 것이다. 그리하여 할링카는 자기에게도 친구가 한 명 생겼음을 확신한다. 이렇게 서로가 마음을 열고 자유롭고 솔직한 대화를 나눔으로써 인간관계를 개선하고 그것이 또한 생활의 보람으로 확산되는 것이 삶의 한 원리라는 것을 읽을 수 있다.

할링카가 생명의 밀실을 열고 광장에 이르는 또 하나의 통로는 슈베칭엔 성(城)으로의 소풍이었다. 그녀는 '어머니 쉼터' 기금 모금에서 1위를 차지하여 그 상(賞)으로 이번 소

풍의 기회를 맞게 된 것이다. 보육원이나 기숙사와 같은 좁은 공간에서만 생활해 온 할링카에게 그 성(城)은 너무나 넓은 세계였다. 그녀는 상상을 초월할 정도로 세상이 넓다는 데 눈을 뜨게 된다. 말하자면, 밀실(密室)을 나와 내다 본 광장(廣場)의 모습은 놀라울 정도로 새롭고 광활한 것이었다.

할링카는 거기서 또한 중요한 체험을 하게 된다. 곧, '너무나 아름답기 때문에 사람을 황홀하게 만들 수 있다'는 미의식(美意識)의 발견이 그것이다. 그 대상은 연못 속에 서 있는 아름다운 여인상(女人像)이었다. 마치 살아 있는 듯한 아름다운 여인상은 마술사의 꿈을 조각한 것이라 상상해 보기도 한다. 그러면서 그 동상은 200여 년 동안이나 자신을 기다려 왔다고 느끼게 된다.

그녀는 냄비나 가위와 같은 실용성 있는 물건 외에도 아름다움, 곧 미적 가치가 존재한다는 것에 눈뜬 것이다. 이것은 그녀가 느끼는 행복감의 한 요소가 되고 있다. "그 동상을 바라보는 순간 나는 몸이 아주 작아진 것도 같고 동시에 아주 커진 느낌이 들었다."는 말로 자신의 행복감을 표현했다.

한편, 할링카는 '어머니 쉼터' 모금액에서 로우 이모를 만나러 가는 데 쓸 차비를 떼어 놓은 데다가 그 후 이모가 또 부쳐온 여비까지 가지게 되어 경제적으로도 흡족한 상태다.

그녀는 마침내 그리운 로우 이모를 만나러 가기로 했다. 이때 그녀는 이모로부터 레나테를 함께 데려 가도 좋다는 허락을 받아 놓고는, 그 사실을 전했을 때 레나테가 기뻐할 것을 상상하면서 흐뭇해한다. 이는 작은 선(善)의 베풂에서 오는 내면의 환희라 하겠다. 이것도 바로 행복감의 한 요소이다. 이러한 순간 그녀는 이렇게 선언한다.

"내 생각에 나는 방금 전에 행복한테 의자를 내주었던 것 같다."

이렇게 경제적 충족(利), 미적 가치에 대한 눈뜸(美), 선의 베풂(善) 등이 어우러진 데서 할링카의 행복감은 형성된 것이라 하겠다. 이는 다시 말하면, 그녀가 생활 속에서 느끼는 생명의 내적 충실감과 무관하지 않다고 하겠다.

그런 만큼 고독에서 벗어나 행복을 찾고 싶은 청소년이 있다면 이 작품을 읽기 바란다. 생명의 밀실을 충실히 가꾸어 광장으로 나아가는 가운데 이(利)·미(美)·선(善)의 획득을 통하여 생명의 충실감을 느낌으로써 행복의 문을 두드린 할링카의 행적에서 많은

116

도움을 받을 수 있을 것이다.

지도 주안점

사람 사이의 관계가 더없이 복잡해 보이지만 진리는 단 한 가지라 하겠습니다. 서로 진심으로 다가서면 통할 수 있는 것입니다. 행복이나 관계도 마냥 기다리기만 하는 것이 아니라 이 작품('행복이 찾아오면 의자를 내주세요')의 주인공 '할링카'처럼 자신의 내면을 먼저 가꾸어 때가 되었을 때는 상대에게 먼저 다가가는 용기가 필요하다 할 것입니다. 우리는 이렇게 서로가 마음을 열고 자유롭고 솔직한 대화를 나눔으로써 인간관계를 개선하고 그것이 또한 행복으로 확산되는 것이 삶의 한 원리라는 것을 이 작품을 통하여 확인할 수 있습니다. 그런 만큼 이 소설은 고독에서 벗어나 행복을 찾고 싶은 청소년에게 필히 권할 만한 작품이라 하겠습니다.

1) 이 작품('행복이 찾아오면 의자를 내주세요')에서 외로운 소녀 '할링카'가 '레나테'와의 사귐 등으로 행복의 문을 두드리게 되기까지의 과정을 간추려 보자.

2) 이 작품('행복이 찾아오면 의자를 내주세요')을 읽고, 주인공 '할링카'가 생각하고 깨달은 행복이 어떠한 것인지 정리해 보고, 행복에 대한 자신의 생각과 비교해 보자.

4

사회

4 장

사랑과
우정의 물결에
가슴을
적시고 싶어

1. 사랑이 '소유'가 아니라 '존재'라는 것의 의미를 이해하고 싶다면?

사슴벌레 소년의 사랑 | 이재민 |
사계절 | 2003

사랑의 만남이란 그야말로 '신비스러운 눈을 가진 운명'인지도 모른다. 본인은 예상하지 못한 순간에 우연히 다가와서 인연의 끈으로 이어 놓는가 하면, 차마 보내고 싶지 않아도 떠나보내야 하는 사정을 우리 앞에 말없이 만들어 놓기도 하기에 말이다.

이재민의 '사슴벌레 소년의 사랑'은 이루지 못한 첫사랑 이야기로서 독자들의 가슴에 말없이 묻어 둔 '첫사랑'의 애틋한 사연을 슬며시 회상하게 하는 계기를 마련해 준다.

중학교 1학년생인 은수는 가려움증으로 애를 먹다가 미송리에 있는 약수가 효험이 있다는 소문을 듣고 엄마와 함께 보름간 약수터에 머물게 된다. 기차역이나 버스 정류장에서 꽤 오랜 동안 산길을 타고 가야 하는 미송리 약수터는 각양각색의 사람들이 병을 고치러 오거나 일반인들이 피서를 오는 일종의 휴양지 같은 곳이다. 약수터 주인 또한 폐병 때문에 이곳에 왔다가 병을 고친 뒤 아예 눌러앉은 사람이다. 은수네는 돈이 없어 방에 들지 못하고 마당에 있는 아름드리 벚나무 아래 멍석을 깔고 잠을 자야 했다. 은수가 이곳에 온 지 사흘 만에 서울서 웬 어여쁜 누나가 자기 어머니와 함께 합류한다. 폐가 안 좋아 얼굴이 창백한 그 누나는 달맞이꽃같이 청순하고 소박한 아름다움을 지녔다. 그런 누나를 은수는 단박에 좋아하게 된다. 시간이 지나면서 은수는 여태껏 느껴 보지 못한 새로운 감정에 당혹스럽기도 하고 혼란스럽기도 하다. 은수보다 아홉 살 많은 그 누나 역시 마당 멍석에서 지내게 되는데, 잠자리도 은수 바로 옆이다. 은수는 누나와 함께 나무를 하러 가기도 하고 목욕하는 것도 지켜 주며 정을 쌓아 간다. 그러던 어느 날 누나가 애인을 기다리는 것을 알게 되면서부터 은수에게 남모르는 고민과 갈등이 시작된다. 게다가 역시 서울서 온 동갑내기 기영이한테 누나를 빼앗길까 봐 전전긍긍하기도 한다. 은수가 누나에게 자신의 남자다운 면을 보여 주고 기영이를 제압하기 위해 떠올린 방법은 사슴벌레 집게 사이에 손가락 넣기 시합이다. 은수는 사슴벌레처럼 강한 사나이가 되겠다며 그 벌레를 유난히 좋아한다.

　그는 시골에서 자라 나무 타기나 열매 따먹기, 그리고 온갖 곤충과 꽃들에 대해 잘 알지만, 특별히 자연을 보호해야 한다거나 사랑해야 한다는 강박관념이나 인식이 전혀 없다. 자연은 그저 삶의 일부분일 뿐이고 일상적인 것에 지나지 않는 평범한 대상일 뿐이다. 약수터에 머무는 사람들과 캠프파이어를 하고 산책길에 나선 날 밤에도 누나는 사슴벌레를 잡는 은수에게 그것을 놓아주면 카세트 녹음기를 선물로 주겠다고 약속한다. 동네에서도 구경하기 힘든 자그맣고 귀한 카세트를 준다는 말에 은수는 귀가 솔깃해진다. 언제나 말없이 웃으며 은수의 말을 듣기만 하던 누나가 그날은 밤늦도록 은수에게 자기 내면의 이야기를 들려준다. 자기 애인이 어쩌면 영영 자기를 찾지 않을 거라는 것, 사랑이란 소유하거나 구속하지 않는 거라는 자기 다짐 등을. 하지만 이튿날부터 누나가 각혈을 하고 병세가 심해지자 은수는 카세트 생각을 까맣게 잊어버린다. 그리고 잣이 폐병에 좋다는 말을 엿듣고 몰래 잣을 따고 까느라 시간이 금세 흘러가 버린다. 누나가 떠나는 날, 은수는 누나와 함께 밤새 깐 잣을 보따리째 건넨다. 누나가 떠난 뒤 은수는 여느 날처럼 점심 해 먹을 나무를 하러 갔다가 누나와 자기만 아는 비밀 장소에서 뜻하지 않은 카세트를 발견한다. 폐병으로 피를 토하는 와중에도 누나가 약속을 지킨 것이다. 은수는 전에 몰래 떡갈나무 구멍 속에 숨겨 두었던 사슴벌레가 생각나 찔끔한다. 결국 은수가 사슴벌레를 놓아주는 것은 이제껏 자신을 괴롭혀 오던, 누나에 대한 소유욕에서 해방된다는 상징적인 의미로 읽어도 좋으리라.

　이 작품은 또한 동·식물에 관한 취미를 자극해 주기도 한다. 달맞이꽃 전설 등이 만들어 주는 서정적 분위기가 독자의 마음을 진지하면서도 차분하게 해 준다. 그러면서 이 책의 순희 누나가 한 말의 의미가 새삼스럽게 이해의 선물처럼 독자에게 다가온다.

　　"식물이든 동물이든 다 제 터전이 있는 거야. 제 자리에 있는 것이 가장 자연스럽고 행복한 거야."(140쪽)

　제자리에 있음의 행복. 그것은 자연의 생태적 이치이기도 하고, 때로는 사람 사이의 사랑의 원리이기도 하다는 것을 이 작품은 조용히 일러 준다. 나아가 그것은 '소유(所有)'

의 허물을 벗고 '존재(存在)'에 대한 순수한 그리움의 세계로 승화(昇華)하는 시적(詩的) 삶의 가치에 닿아 있다고나 할까.

만일 이 소설의 후일담을 상상해 본다면 어떤 이야기가 이어질 수 있을까? 아마도 은수가 어른이 된 시점에서라면 이렇게 회상할 지도 모를 일이다.

'그 땐 내가 참 철이 없었지. 지금 생각하면 웃음이 나는군. 물론 순희 누나의 옆이 나의 자리는 아니었어! 그렇지만 누나를 한 번 만나 볼 수 있으면 좋으련만……'

그리하여 은수에게 있어 순희 누나는 그의 가슴속에 소중히 자리 잡고 있는 아련한 추억의 주인공임에 틀림없고, 또한 그것으로 족할 것이다. 그러기에 이 소설은 사랑이 '소유'가 아니라 '존재'라는 것의 의미를 이해하기에 적합한 작품이라 하겠다.

지도 주안점

이 작품('사슴벌레 소년의 사랑')은 이루지 못한 첫사랑 이야기로서 사랑이 '소유'가 아니라 '존재'라는 것의 의미를 되새겨 보게 합니다. 곧, 진정한 사랑이란 '구속'이나 '소유'가 아니라 상대방을 있는 그대로 인정하고 또 자유롭게 해주는 것이라는 것을 간접 경험할 수 있을 것입니다.

1) 이 작품('사슴벌레 소년의 사랑')에서 '은수'의 '순희 누나'에 대한 사랑의 감정이 변화되는
   과정을 정리해 보자.

2) 이 작품('사슴벌레 소년의 사랑')에 대한 아래의 필자 체험담을 읽고, 만일 사귀던 이성 친
   구가 어느 날, "너를 좋아하기 때문에 잠시 헤어져야 할 것 같아."라고 말한다면 여러분은
   어떤 반응을 보일지 이야기해 보자.

   '사슴벌레 소년의 사랑'. 평소에 '청소년 문학'에 관심이 많은 나로서는 애초에 이
   작품을 논평해 보려는 관심으로 읽게 되었다. 1318문고의 다른 작품과는 달리 제1
   회 사계절 문학상 수상작이기에 더욱 그런 기대를 가지고 접하게 되었다고나 할까.
   그러나 이런 나의 의도는 이 책의 분위기에 압도되어 봄눈처럼 스르르 녹고 말
   았다. 이 책의 주인공 은수가 들려주는 애틋한 첫사랑 이야기가 나의 아련한 추억
   으로 전이되기 시작하면서 내 마음의 물결이 흐르는 대로 내버려 둘 수밖에 없었
   기 때문이다. 아니, 나는 포근한 추억의 강물로 내 가슴을 편안하게 적시며 행복한
   시간을 가지고 싶었다고 하는 것이 정확한 표현이리라.
   어른들에게 이 작품은 가슴에 말없이 묻어 둔 젊은 날의 애틋한 사연을 슬며시
   회상하게 되는 계기가 될 것 같다. 나에게도 그런 사연이 있었다. 그녀와 난 많은
   대화를 진지하게 나누었다. 많은 부분을 서로 공감했지만, 화제가 신앙 문제에 이
   르면 둘은 늘 시무룩해지곤 했다. 전통적으로 불교 집안에서 자란 나는 하나님의
   딸이 되려는 그녀를 끝내 붙잡을 수 없었다. 나는 내가 바보 같은 사람이라 생각하
   기도 했다. '사랑하기 때문에 헤어져야 한다.'는 말은 겉으로는 모순이지만 심정적
   으로는 진실일 수 있음을 통감했으니, 이제 생각하면 참으로 절실한 역설(逆說)이
   었던 셈이다.
   이 책의 주인공 은수가 순희 누나를 보낼 수밖에 없는 심정을 뼈저리게 공감하
   게 된 것도 이와 같은 연유이리라. '진정한 사랑'이란 '구속'이나 '소유'가 아니라 상
   대방을 '자유롭게 해주어야하는' 것이라는 것을…….

2. 같은 아픔을 가진 친구가 필요하다고 느낀다면?

사람 사이의 만남의 인연이란 묘하다고 하겠다. 수많은 사람들 중에 두 사람이 의미 있게 만난다는 것은 신비하기도 하다. 그리고 그런 만남을 통해 '외로운 사람끼리 사슴처럼 기대어' 살아가는 모습은 우리의 가슴을 따뜻하게 해 준다.

데이나 라인하트의 '치즈가게에 온 선물'은 진정한 우정을 나누며 성장해 가는 사춘기 소년·소녀의 이야기를 따스하게 들려주는 작품이다. 14세의 주인공 소녀 '드루'는 외로운 환경에서 자란다. 스테파니아 알레시오 등 친구가 없지 않았으나 친구보다는 오빠뻘이 되는 가게 직원 닉 드루먼이나 역시 가게 일을 보는 스우지 아줌마와 친하게 지낸다.

치즈 가게에 온 선물 |
데이나 라인하트 | 아이세움 |
2013

혼자 지내는 시간이 많은 그녀는 엄마 몰래 아버지가 남긴 공책 보기를 즐긴다. 그녀가 네 살 때 세상을 떠난 아버지에 대한 그리움 때문인지 모르지만 거의 날마다 그 공책을 읽는다. 그리고 그녀에게는 외로움을 함께 나누는 애완용 쥐 '허밍'이 있다. 포목상을 하는 머치닉이라는 현명한 할머니가 치즈 가게 개업 선물로 가져다 준 것이다. 치즈 가게에 데려가는 것은 금물이지만 엄마에게 말하지 않고 가방 속에 넣어 가기도 한다. 그녀는 '허밍'이 없는 세상은 상상할 수도 없다고 생각한다.

그런 '드루'에게 생활의 방향을 완전히 바꿔 놓는 계기가 찾아왔다. 어느 날 밤, 침침한 가게 뒷골목에서 정체 모를 낯선 소년 '에멧'을 만난 뒤 그녀는 자기만의 성(城)에서 문을 살짝 열게 되었다. 시시콜콜한 것까지 엄마에게 털어놓던 '드루'에게 비밀이 생기게 된 것이다. 게다가 '나만의 엄마'에게 자신도 모르는 사이에 남자 친구가 생겼다는 반감 때문에 엄마와의 틈은 점점 더 벌어진다. 엄마는 강압적으로 자신을 통제하려는 사람이었기에 터놓고 마음 편하게 이야기할 수 있는 또래 옆 짝이 필요해졌다. 이러한 상황에서 자신에게 다가온 남자 친구 '에멧'에게 그녀는 쉽게 다가갈 수밖에 없었다.

'에멧'은 집안 사정으로 가출을 했지만 '드루'에게 그는 선량한 소년으로 보인다. 그가

'드루'에게 보낸 종이학 쪽지에는 '네 친구가 되고 싶어. 그런데 방법을 몰라서 두려워.' 라고 기록되어 있었다. '드루'도 같은 마음이었기에 그것을 읽고는 같은 아픔을 가진 상황을 공감하고 울어버린다. '나와 똑같은 사람'을 만났다는 생각에 그녀는 이유는 모르겠지만 '에멧'이 이 세상에서 가장 중요하고 '절실하게' 느껴지기 시작했다.

'에멧'은 기적을 만들려고 가출을 한 소년이었다. 그의 집안 형편은 너무나 어려운 상황이었다. 동생은 말을 하지도 듣지도 못하고, 엄마는 침대에서 나오지도 않고 늘 울고만 있다고 했다. 아빠는 집을 나가 연락이 끊긴 상태이다. 집안 형편이 정상화되려면 정말 기적이 일어나야만 가능할 터이다. 그런 연유로 그가 전설이 전해 준 '기적의 샘'을 찾아 나선 길이라는 것을 알게 된 '드루'는 완전히 달라진다. 정상 궤도만 고집하던 그녀는 '기적의 샘'을 찾기 위한 '에멧'의 시도에 자신도 모르게 동참하게 된다. 그토록 사랑하던 '허밍'을 떠나보내면서까지 말이다.

그것은 그녀가 '에멧'의 꿈을 깨부수는 존재가 되고 싶지 않다는 판단에서 나온 결정이었다. '친구란 친구에게 힘을 북돋워 주는 존재'라고 믿는 그녀는 당시 '에멧'의 인생이 그 전설의 실현에 대한 믿음에 달려 있다는 것을 이해하였다. 그리고 '에멧'이 자신의 친구이기 때문에 그녀 또한 전설의 실현을 믿고 싶었으며, 자신이 많은 것을 포기하고 희생을 치르며 '에멧'의 시도에 동참하기로 한 것은 그 동안 겪은 일 중에 가장 중요하다고 생각했기 때문이다.

둘은 천신만고 끝에 샌프란시스코에 있는 윌콕스의 샘물(온천)을 찾았다. 둘은 마침내 전설이 말해준 기적이 이루어지리라는 간절한 희망을 간직 한 채 서로 손을 꼭 잡고 바위에서 샘물로 뛰어내렸다.

이 작품의 '에필로그'에 이르면 주인공 '드루'는 세월을 훌쩍 뛰어넘어 19세의 캘리포니아 대학생으로 등장한다. 그녀는 지난날을 회상하며 이렇게 말한다. 바위에서 한 번 뛰어내렸다고 기적이 이뤄지지 않는다. 기적을 믿기에는 내가 너무 커버렸다고 믿었던 그 순간, 또 하나의 기적이 일어났다고. 그 '또 하나의 기적'은 우편함에서 기적의 샘물을 다녀온 후 연락이 끊긴 '에멧'의 편지가 기적적으로 발견된 것이었다. 종이학 편지에는 이런 사연이 적혀 있었다.

128

'많은 시간이 흘렀지만, 네 덕분에 모든 게 나아졌다는 사실을 알려 주고 싶었어.

그래서 고마워.

날 먹여줘서.

내가 가려던 곳을 찾도록 도와줘서.

네가 그토록 사랑하던 친구를 보내면서까지 나와 함께 가 줘서.

내가 물에 빠져 죽지 않도록 손을 꼭 잡아 줘서.(288쪽)

연락처를 몰라 전화를 할 수는 없었지만 '드루'는 이렇게 화답한다.

내 목소리가 들리니, 에멧 크레인?

너는 내 첫 번째 친구였어. 내가 진실로 알고 지낸, 또 나를 알아 준 첫 번째 사람. 그래서 내가 하고 싶은 말을 네가 그대로 한 게 하나도 놀랍지 않아.

고마워.

너는 내가 익사하지 않게 도와주었어.

네 덕분에, 모든 게 더 나아졌어.(289쪽)

이렇게 보면 서로가 서로에게 '네 덕분에 모든 게 나아졌다.'는 완전한 공감을 이룬 우정이었다는 점에서 독자들의 심금을 울리는 여운이 길게 드리워진다. 말하자면 이 소설은 독자들에게 '너는 나에게 나는 너에게 잊히지 않는 하나의 의미'가 된, 참다운 만남의 모습을 선물해 주고 있다고 하겠다.

그러면서 이 작품은 우선 청소년들에게 외로움을 극복하며 함께 성장할, 같은 아픔을 지닌 진정한 또래 옆 짝이 절실하게 필요하다는 점을 말해 준다. 또한 이 소설은 그렇게 진실한 우정을 나누는 것이 삶의 의미를 얼마나 북돋워 줄 수 있는지를 잘 시사해 주고 있다 할 것이다.

그리고 이 작품과 함께 읽으면 좋은 작품으로는 안도현의 '연어'가 있다. 이 동화에서 '은빛연어'와 '눈맑은연어'의 '옆자리' 관계에 주목할 때 상호 연계 읽기가 가능할 것이다.

이 작품('치즈 가게에 온 선물')은 청소년들에게 외로움을 극복하며 함께 성장할, 같은 아픔을 지닌 진정한 또래 옆 짝이 절실하게 필요하다는 점과, 그렇게 진실한 우정을 나누는 것이 삶의 의미를 얼마나 북돋워 줄 수 있는지를 잘 보여주고 있다 할 것입니다. 그리하여 청소년들에게 이 작품에서처럼 소년과 소녀가 서로에게 '네 덕분에 모든 게 나아졌다.'는 완전한 공감을 이룬 우정을 가꿀 수 있도록 지도할 수 있다면 더 바랄 것이 없을 것입니다.

학생과 함께하는 활동

1) 이 작품('치즈 가게에 온 선물')에서 같은 아픔을 지닌 소녀 '드루'와 소년 '에멧'이 나누는 마음의 교류를 정리해 보자.

2) 여러분에게 이 작품('치즈 가게에 온 선물')의 소녀 '드루'에게서 소년 '에멧'과 같은 존재의 친구가 있다면 그와의 우정을 이야기해 보자. 만약 아직 그런 친구가 없다면, 그런 친구를 만나기 위해 내가 준비해야 할 것은 무엇일지 이야기해 보자.

3. 세상과 상대의 마음을 바꾸는 원리를 알고 싶다면?

어느 시대, 누구에게나 작거나 큰 어려움은 있다. 그러한 어려움을 극복하고 바람직한 변화를 맞이해야 하는 힘은 어디서 나와야 할까? 이러한 사색의 조그마한 실마리로, 여기서는 프랑스의 여류 작가 조르주 상드가 쓴, 청소년 소설 '사랑의 요정'을 택하여 주체와 환경의 대결 과정을 분석함으로써 인간의 성장에 있어 바람직한 변화를 이끄는 원리가 무엇인가를 생각해 보기로 한다.

사랑의 요정 | 조르주 상드 |
동서문화사 | 2014

'사랑의 요정'은 조르주 상드가 42세 때 농촌을 무대로 쓴 전원소설의 대표적 작품으로 평가되고 있다. 작가 자신이 어릴 때 할머니 밑에서 자랐다거나 사춘기 시절 말괄량이 생활을 했다는 점 등이 여주인공 파데트와 닮았다고 한다. 그러니까 작가 상드는 어린 시절의 자신을 모델로 16세의 소녀 파데트가 사랑으로 성숙해 가는 과정을 작품화함으로써 자신의 슬프고 고독했던 현실적 불행을 아름답게 승화시켰던 것이다.

이 소설의 줄거리를 주체와 환경의 대결 과정을 중심으로 요약하면 다음과 같다. 먼저 주체, 곧 인물의 측면에서 보자. 16세의 소녀 파데트는 13세 때부터 일란성 쌍생아 중 동생인 '랑드리'란 소년을 좋아하게 된다. 할머니 '파데'가 요술쟁이어서 파데트도 랑드리로부터 요술을 부리는 아이로 오해를 받았으나, '쇼모아 채석장'에서의 둘의 대화를 통하여 차츰 서로의 장점을 확인하게 된다.

다음으로 파데트의 성장 환경은 열악한 편이다. 집안 출신 배경이 좋지 않아 세평이 나쁘며, 랑드리 가족의 반대에 직면하게 된다. 할머니가 요술쟁이로 통하는 데다 그녀의 어머니도 어떤 군인을 따라 가출한 상태였다.

이러한 상황에서 파데트는 주체의 변혁(變革), 곧 자신 바꾸기를 시도하게 된다. 그녀는 자신의 못생긴 용모와 좋지 못한 가문을 인정하여 랑드리와의 사랑을 어려워한다. 그러면서도, 한편으로 그녀는 랑드리의 충고를 온순하게 받아들여서 옷매무새와 머리 모양을 고치는 등 차츰 정숙한 처녀로 자신을 바꾸어 갔다. 그러던 중 랑드리가 사귀고 있던 마들롱이라는 처녀와의 사이에서 갈등을 겪게 되자, 그녀는 진정으로 둘의 애정에 금이 가지 않도록 애쓰기까지 했다. 참으로 용기 있고 마음 씀씀이의 수준이 높은 데서 우러난 행위였다. 그녀의 성의를 자존심과 불성실로 끝내 무시해 버리는 마들롱과 대조될 때 그 고운 마음씨는 한결 돋보인다. 이러한 점이 바로 랑드리의 애정이 파데트 자신 쪽으로 굳어지게 하는 계기가 되었다.

그러나 그녀는 부당한 세평을 바꾸기엔 세월이 필요함을 깨닫고 랑드리에 못지 않은 자신의 내면적 정열을 슬기롭게 자제해 나갔다. 랑드리의 마음속에서 자신을 향한 사랑이 좀 더 무르익도록 기다리면서 일 년이 지났을 때, 마들롱이 질투어린 소문을 내어 둘의 사귐은 온 마을에 알려지게 되었다. 그러자 둘의 사랑은 랑드리 부모와 질투를 느끼는 쌍둥이 형 실비네의 본격적인 반대에 부딪치게 되었다.

여기서 파데트는 자기가 마을을 잠시 떠나는 것이 유리할 것이라는 결정을 내린다. 반대하는 랑드리네 가족에게 '좋은 평판을 선물'로 가지고 돌아오겠다며 도시로 남의집 살이를 떠났다. 그녀의 이러한 결정은 우선 마을 사람들의 이목과 관심을 잠재우게 하고 도시 생활에서 자신을 세련시킬 수 있는 상황으로 전환시키는 결정적인 계기였다. 그리하여 1년 후에 그녀는 아무도 알아보지 못할 만큼 용모와 자태가 좋아져서 근방에서는 제일 애교 있고 멋있는 처녀가 되어 돌아왔던 것이다. 이때엔 죽은 '파데' 할머니가 그 재산들을 랑드리 아버지에게 관리해 줄 것을 부탁함으로써 호감을 받게 되는 기회를 포착하기도 했다.

이러한 파데트의 주체의 변혁, 곧 자기 바꾸기 노력은 환경을 좋은 방향으로 고치는 데 성공하는 요인이 된다. 랑드리 자신이 파데트에 대한 세평의 부당성을 깨달은 것은 오래 전이지만 마침내 그의 아버지 바르보도 그녀에 대한 편견을 버릴 뿐 아니라 오히려 아들 랑드리와 결혼해 달라는 요청을 하기에 이른다.

이제 남은 문제는 쌍둥이 형 실비네의 병적인 질투였다. 그녀는 이 문제가 해결되기 전에는 결혼식을 올리지 않겠다는 각오 아래 직접 실비네의 치료에 정성을 다 하였다. 이때에도 깊은 신앙심에 바탕을 둔 따뜻한 마음씨가 실비네의 질투를 녹이는 힘이 되었다. 파데트를 좋아하게 된 실비네는 둘의 행복을 위하여 지원 입대한다.

이리하여 둘의 결혼에 장애가 되는 것은 아무것도 존재하지 않았다. 주체와 환경의 화합(和合)이 이루어진 것이다. 마침내 둘은 주위의 축복 속에서 행복한 결혼을 하게 되었다. 한편, 연약하기만 하던 실비네가 모범 군인이 되어 간다. 그것은 아마 파데트에 대한 사랑의 승화인지도 모른다.

이상에서 본 바와 같이 이 소설에서 문제 해결의 중심적 역할을 담당하는 것은 주인공 파데트의 성장적 자기 바꾸기임을 알 수 있다. 깊은 신앙심에 바탕을 둔 성실성과 자제력, 지혜로움, 생명의 높은 수준에서 우러나오는 따뜻한 마음씨가 자신에게 불리한 주위 환경을 바꿀 수 있는 원천이 되었던 것이다.

특히 돋보이는 점은 두 가지라 하겠다. 하나는 파데트가 불리한 세상의 평판을 호전시키기 위해 도시로 남의집살이를 떠난 일이다. 이것은 시(時)를 아는 현명함과 무관하지 않다. 다른 하나는 실비네의 질투까지도 아물게 할 수 있는 그녀의 따뜻한 마음씨이다.

이렇게 볼 때 주인공 '파데트'에게서 우리가 배우게 되는 것은, 삶의 어려운 문제를 해결하거나, 세상과 상대의 마음을 바꾸는 원천을 환경에서보다 주체, 곧 자신을 새롭게 변화시키는 일에서 찾는다는 능동성과 적극성이 아닐까 한다.

살을 에는 추위 속에서도 날씨를 탓하기보다는 기다림과 고운 마음씨로 마침내 따뜻한 봄날을 맞았던 파데트야말로 '구원의 처녀상'이라 여겨진다. 그러기에 이 소설은 어려움의 시대를 사는 청소년들이 환경을 탓하기보다 스스로를 새롭게 변화시키며 자신의 삶을 헤쳐 나가는 원리를 습득하기 위해 일독할 만한 값진 작품이라 할 것이다.

이 소설('사랑의 요정')에서 주인공 파데트는 자신의 내면의 힘을 길러서 환경을 고쳐 나갑니다. 이때 문제 해결의 중심적 역할을 담당하는 것은 주인공 파데트의 성장적 자기 바꾸기라 하겠습니다. 깊은 신앙심에 바탕을 둔 성실성과 자제력, 지혜로움, 생명의 높은 수준에서 우러나오는 따뜻한 마음씨가 자신에게 불리한 주위 환경을 바꿀 수 있는 원천이 되고 있음을 발견할 수 있습니다.

따라서 이 작품을 통하여 우리는 어려움의 시대를 사는 청소년들이 환경을 탓하기보다 스스로를 새롭게 변화시키며 자신의 삶을 헤쳐 나가는 원리를 습득하게 되기를 기대해도 좋을 것입니다.

학생과 함께하는 활동

1) 이 작품('사랑의 요정')을 읽고, 여주인공 파데트가 '구원의 처녀'로 성공적인 성장을 할 수 있었던 비결은 무엇인지에 대한 자신의 견해를 말해 보자.

2) 이 작품('사랑의 요정')의 여주인공 파데트처럼 여러분이 어려운 일에 부딪힌 상황에서 환경이나 상대를 탓하기보다 스스로를 새롭게 바꿈으로써 해결한 사례를 소개해 보자.

환경을 만족의 방향으로 회전시키며

순조롭기만 한 인생은 없다.
이를테면 본뜻에 어긋난 환경일지라도
일체를 만족의 방향으로 회전시키며,
내 행복의 화원을 향기롭게 활짝 꽃피우기 바란다.

−이케다 다이사쿠, '여성에게 드리는 글 365일', 화광신문사, 2008. p.344.

첫사랑 | 이금이 | 푸른책들 | 2009

우리가 꿈꾸는 '영원한 사랑'이란 어쩌면 이상(理想)에 지니지 않는다고 해야 할 것이다. 실제로 움직이고 변하기도 하는 사랑은 자전거 타기와 같아서 그것이 유지되려면 끊임없이 페달을 굴리는 노력을 해야 한다.

이금이의 '첫사랑'은 흔히 십대에 경험하게 되는 '첫사랑'을 제재로 그 '관계' 이어가기에 대한 진지한 성찰을 하고 있는 작품이다. 6학년 2학기에 접어든 열세 살 동재는 아빠의 재혼으로 마음이 혼란해진다. 이러한 상황에서 만나게 된 전학생 연아에게 동재는 한눈에 반한다. 그는 연아를 좋아하지만 고백하지 못한 채, 그녀가 아역 탤런트인 같은 반 찬혁이와 사귀는 것을 지켜만 본다. 더욱이 찬혁이를 위해 쓴 연아의 '러브장'을 보고는 그녀에게 다가갈 엄두를 내지 못한다. 그는 짝사랑으로 가슴앓이만 하다가 아빠의 재혼으로 생긴 여동생 은재의 도움을 받고서야 연아에게 마음을 전하려는 행동을 하게 된다.

먼저, 첫눈이 오는 날 체육 시간에 운동장으로 나가며 은재가 제공해 준 초콜릿을 연아에게 전함으로써 그녀의 관심을 끌게 되었다. 이후 둘은 낮에는 그저 같은 반 친구로 지내고 저녁마다 '버디'라는 사이트를 통해 메신저로 이야기를 주고받으며 비밀리에 사귀게 된다. 그러는 동안 동재는 메신저를 통한 대화와 현실적 학교 상황과의 차이, 그리고 과도한 데이트 비용 등으로 점차 연애의 어려움을 겪게 된다.

동재는 연아를 좋아한 지 100일째 되는 날, 멋지게 프러포즈를 하며 본격적인 연인으로 발전하지만, 첫 데이트 때 상대방을 배려하지 않고 솔직하지 못한 모습으로 연아를 실망시키게 된다. 여동생 은재를 통해 들은 바에 의하면 연아로서는 '돈이 없어 아이스크림을 사 줄 수 없다'는 솔직한 말 한 마디를 하지 못하고 피해 버린 그가 실망스러웠다는 것이었다.

동재는 크리스마스 선물로 실수를 만회하려고 하지만, 결국 연아에게 이별 통보를 받는다. 그런 동재를 아빠가 따뜻하게 위로해 준다. 그 아이와 좋았던 기억은 간직할 수 있으며, 사랑이 너를 성장시켜 준다면 해피엔딩이라고.

  이 소설은 현대판 도시형 '소나기(황순원)'와 같은 작품이라 해도 좋을 것이다. 우선 배경이 도시이다. 주인공들은 서투르지만 순수하다. 그리고 위의 줄거리에서 보듯 소년 동재는 '소나기'에서의 초기 '소년'처럼 무척 소극적이다.

  동재의 이러한 소극성이 연아와의 연인 관계를 이어가는 데 어려움을 겪게 되는 원인이라 할 수 있다. 위에서 언급한 바와 같이 연아와의 사귐에 있어 동재의 결정적인 잘못은 첫 데이트 때 아이스크림 살 돈이 없는 상황에 대한 처신 잘못이었다. 좀 더 적극적으로 솔직하게 형편을 말하고 연아의 이해를 구했으면 될 일을 그르친 것이다. 그리고 동재가 학교 현장에서 사이버 세계에서의 대화와는 너무 다른 행동을 보인 것도 그의 소극성과 무관하지 않아 보인다. 물론 비밀 연애의 제약이 그의 행동을 움츠리게 할 수밖에 없겠지만, 지나친 소극성은 연아가 동재에 대한 믿음을 거둘 수밖에 없는 요인으로 작용하게 된 것이다.

  결국 그는 '좋아할 줄은 알지만 관계를 키워 갈 줄은 몰랐기에' 어려움을 겪는다. 이 이야기는 동재의 경우와 같이 사랑의 관계 이어 가기에 대해 고민하고 있는 청소년들에게 공감과 함께 타산지석(他山之石) 격으로 도움을 줄 수 있을 것으로 여겨진다.

지도 주안점

사춘기 시절엔 흔히 소년보다 소녀가 더 조숙한 모습을 보입니다. 이 작품에서도 동재는 동생 은재나 연인 연아보다 소극적인 태도로 인해 교제의 어려움을 겪게 됩니다. '풋사랑'이란 말과 같이 소년·소녀의 풋풋한 첫사랑이 서투른 것은 어쩌면 당연한 것인지도 모릅니다. 하지만 사귐을 이어가려면 현실적으로 알맞은 대처가 필요한 것도 사실입니다. 그리하여 이 작품('첫사랑')은 청소년들이 이성 친구와의 우정, 혹은 사랑의 관계를 이어가는 데 있어서의 고민들을 함께 풀어볼 수 있는 도우미가 될 것입니다.

1) 이 작품('첫사랑')에서 '동재'가 '연아'의 마음을 잃게 된 요인이 무엇일까를 이야기해 보자.

2) 이 작품('첫사랑')을 통하여 앞으로 여러분이 남친, 혹은 여친과의 사귐에 있어서 어떤 점에 노력을 기울이어야 한다고 생각하는지 말해보자.

3) 여러분의 남친, 혹은 여친의 입장에서 자신은 어떤 친구로 여겨질지 스스로 점수를 매겨 보자.

5. 사랑하며 살아간다는 말을 실천하기 위한 방법을 알고 싶다면?

인생이 고해(苦海)라던가. 경제난국 속에서 힘겹게 살아가는 이 땅의 어른들에게 이 말은 더욱 실감을 더해주고 있는 지도 모른다. 뿐만 아니라 입시 혹은 취업의 경쟁에 시달려야 하는 우리 청소년들에게도 사정은 마찬가지라 할 것이다.

이 시대의 문학이 상처 입은 우리 몸을 따스한 붕대로 감싸주는 그런 역할을 해 주기를 기대하고 싶어지는 것은 왜일까. 우리가 받은 인생의 잔은 마땅히 참고 비워야 하고, 그러기 위해서 우리는 '사소하더라도 사랑하고 살만한 이유'를 찾아내어 절망이 오히려 진정한 희망의 출발이 될 수 있다는 신념을 세워야 할 처지에 있기 때문이다.

사람은 무엇으로 사는가 | 톨스토이 |
창비 | 2003

그러기에, 여기서는 '사람은 무엇으로 사는가(톨스토이)'를 중심으로 '어린왕자(생텍쥐페리)'와 '관계(안도현)' 등의 작품을 통하여 이 시대를 살아가는 힘으로서의 사랑의 의미를 음미해 보기로 한다.

'사람은 무엇으로 사는가'는 톨스토이의 우화 소설 이름이다. 이 작품의 배경은 의식주(衣食住)가 모두 온전하지 못한 가난한 구두장이 가정이다. 곧, 집은 농부의 집에 세 들어 살고, 입은 풀칠하기 바쁘며, 옷은 누더기가 다 된 외투를 부부가 번갈아 입어야 하는 처지다.

이런 가정에 들어와 구두 수선 일을 돕는 '미하일'은 원래는 천사였으나, 하느님의 벌을 받아 지상에 추락한 사나이다. 그는 하느님이 내린 세 가지 말씀의 의미를 깨닫게 되는 날에야 하늘나라로 되돌아가게 되어 있었다. 작품의 전개는 이러한 처지에 있는 미하일이 그 세 가지 말씀의 뜻을 파악해 가는 과정으로 되어 있다.

그 말씀들은 곧 우리가 깨달아야 할 인생의 지침 같은 것이라 할 수 있다. 하나는 '인간의 내부에는 무엇이 있는가' 하는 것이다. 다음은 '인간에게 허락되지 않은 것은 무엇인가'이다. 끝으로 한 가지 말씀은 '사람은 무엇으로 사는가'였다. 이 세 가지를 각각 알게 될 때마다 미하일은 씽긋 웃는다.

그는 하느님의 첫 번째 질문에 대하여 인간의 내부에는 '사랑'이 있다는 것을 구두장이 세몬과 그의 아내 마트료나가 자기를 집에 데려다 생활할 수 있도록 배려해 준 데서 깨닫고 첫 번째 미소를 지었다.

이야기는 남편 '세몬'이 새 외투를 하나 만들려고 마을에 갔다가 뜻을 이루지 못하고 돌아오는 데서부터 시작된다. 그가 길모퉁이의 작은 교회에 이르렀을 때, 헐벗은 채 교회의 벽에 죽은 듯이 기대 앉아 있는 '미하일'이라는 사람을 발견하게 된다. 세몬은 처음에는 못 본 체하고 돌아오려 했으나, '재난을 만나 죽어가는 사람을 내버려 두는 것은 옳지 않다'는 자신의 내부의 목소리에 귀를 기울이게 된다. 이것은 인간의 내부에 무엇이 있는가를 암시해 주는 일이라 할 수 있다.

두 번째 말씀에 대하여 천사는 곧 죽음에 임할 한 사나이가 일 년 동안 닳거나 찢어지지 않는 구두를 만들어 달라고 하는 것을 보고, '자신에게 무엇이 필요한가'를 깨닫는 일이 허여되지 않았음을 알게 된다. 구두를 주문한 그 사나이는 삼두마차를 타고 온 데서 알 수 있듯이 호사스럽게 살았고, 체격도 장대하여 '저승사자도 함부로 범접하지 못할' 것처럼 보였지만, 구두를 맞추고 돌아가는 마차 안에서 바로 숨지고 만다. 이것이 미하일이 두 번째로 미소 지은 이유이다.

여기서 우리가 생각해 보지 않을 수 없는 것은 하느님이 왜 인간 각자에게 무엇이 필요한가를 계시하지 않았는가 하는 점이다. 구두를 주문한 사나이에 관한 이야기는 어쩌면 한 치 앞을 못 내다보는 것이 인생이란 뜻으로 평범하게 이해될 수도 있겠지만, 일단 이 작품에서는 '하느님께서는 인간이 뿔뿔이 흩어져 사는 것을 원하지 않기 때문'이라고 하였다. 즉, 인간이 하나로 뭉쳐 사는 것을 원하시기 때문에 단순히 '자신을 돌보는 데'에 그치지 않고 자신을 포함해서 만인을 위해서 무엇이 필요한가를 계시한 것이란 의미로 읽을 수 있다. 그것은 다시금 '사랑'으로 귀결될 수밖에 없는 일이다.

세 번째 말씀에 대하여 천사는 자신이 낳지 않은 쌍둥이 여자 아이를 기르는 어떤 부인을 통해서 '신의 그림자'를 발견한다. 그러고서야 비로소 인간은 '사랑'으로 살아간다는 것을 확인하기에 이른다. 곧, 두 고아들이 잘 자라 온 것은 많은 사람들이 걱정하고 염려해 준 덕분이 아니라 한 여인에게 사랑의 마음이 있어 그들을 불쌍하게 생각하고 사랑해 주었기 때문이다. 이렇게 볼 때, 사랑은 측은지심, 혹은 연민의 정에서 피어나는 꽃과 같은 것이라 하겠다.

결국 하느님의 말씀을 종합한다면 '사랑'으로 귀결된다. 천사의 결론을 들어보자.

각자 자신을 걱정함으로써 살아갈 수 있다고 생각하는 것은 사람들의 착각일 뿐, 진실로 인간은 오직 사랑에 의해 살아가는 것이다. 사랑 속에서 사는 자는 하나님 안에 살고 있고, 하나님은 그 사람 안에 계신다. 왜냐하면 하나님은 사랑이시므로.

그런데 사람들은 어떻게 사랑하며 사는가?

사람은 무엇으로 사는가에 대한 물음에 대한 대답으로서 '사랑으로 산다'는 말의 실천적 의미에 대해서 생각해 볼 수 있는 작품으로는 여러 가지가 있을 수 있겠지만, 필자는 생텍쥐페리의 '어린 왕자'와 안도현의 동화 '관계'를 예로 들어 살펴보기로 한다.

먼저, '어린 왕자'는 '길들이기'와 책임을 말해 준다. 저자 자신의 헌사(獻辭)에서도 밝힌 바와 같이, 이 작품은 레옹 베르뜨라는 어른을 위한 동화이다.

어린 왕자는 마음에 없는 말로 거만을 떠는 꽃나무(장미)와 다투고 자기가 살던 별을 떠나왔지만, 지구에까지 일곱째 별을 여행하는 동안 다음과 같은 사실을 깨닫게 된다. 곧, 어른들이 필요 없는 명예욕과 물욕 등에 젖어서 진정으로 소중한 가치인 '마음'을 소홀히 한다는 것과, 자신도 그 거만한 꽃의 마음속에 사랑이 있다는 것을 알아보지 못했음을 말이다. 그 꽃은 왕자를 사랑했지만, 울고 있는 자신의 모습을 왕자에게 보여주고 싶어 하지 않을 만큼 자존심이 강했다. 어린 왕자는 자신이 너무 어려서 그 꽃을 사랑할 줄 몰랐다고 말하면서, 그 곁을 떠나온 것을 후회하기도 한다.

이 장면은 같은 또래이면서도 이성에 먼저 눈을 뜬 소녀가 소년에게 사랑한다는 표시 대신에 짓궂은 장난질을 하기에, 말하자면 표현을 거꾸로 하기 때문에 그 소녀의 사랑을 소년이 알아차리지 못하는 경우를 연상케 한다. 한편으로는 인간의 마음속에는 무엇이 있느냐는, '미하일'이 풀어야 할 하나님의 첫 번째 말씀이 생각나게 한다.

이제 본론으로 접어들어 보자. 우리는 어떻게 사랑하며 사는가. 어린 왕자가 이에 대하여 터득하게 되는 계기는 지혜로운 한 마리 여우와의 만남이었다. 여우는 왕자에게 자신과 친구가 되기를 원하면 자신을 길들여야 한다고 말한다. '길들인다.'는 것이 어떻게 하는 것이냐고 묻자 그것은 '관계를 맺는다.'는 뜻이라고 말한다. 곧, 왕자가 여우를 길들인다면 서로가 세상에서 단 하나밖에 없는 존재가 된다는 것이다.

길들인 것에 대한 소중함을 깨닫게 된 어린 왕자에게 작별 인사를 할 때, 여우는 선물로 비밀을 하나 가르쳐 준다. 언제나 길들인 것에 대해서는 책임을 져야하며, 왕자는 자신의 장미에 대해 책임이 있는 것이라고.

어린 왕자는 지구에 떨어진 지 꼭 1년이 되는 날, 두고 온 장미를 책임지기 위하여 자기 별로 돌아가기를 결심하게 된다. 여기서 우리가 느끼는 것은 사랑의 책임성에 대한 경건함 같은 것이라 하겠다. 일상의 타성에 젖어 사는 우리들에게 한 사람의 여자와 남자가 만나서 사랑하며 끝까지 함께 산다는 것의 의미를 다시금 생각케 한다. 이것은 사색을 위한 신선한 하나의 자극이 아닐까.

위의 '어린 왕자'에서 제시된 사랑의 방법은 누군가를 길들이되 책임을 다하는 것이라 했다. 그리고 '길들인다'는 것은 '관계를 맺는 것'이라 했다.

그렇다면, '관계를 맺는다'는 것은 무엇인가? 우선 밀란 쿤데라의 소설 '정체성'에서 보면, 그것은 인간 상호 간 정체성의 확보란 의미를 지닌다. 곧, 우리는 서로 사랑하는 관계의 선택에 의해서 정체성을 확인하며 살아가는 것이다.

안도현의 어른을 위한 동화 '관계'(문학동네)에는 이 문제에 대한 좀 더 적극적인 의미가 담겨 있다.

"도토리야, 너는 살아 남아야 해. 그래서 이 세상하고 다시 관계를 맺어야해."

"…관계를 맺는다는 게 뭐지?"

"그건 마음속에 오래 품고 있던 꿈을 실현한다는 뜻이야. 너는 너 자신의 꿈뿐만이 아니라, 우리 낙엽들의 꿈까지도 실현시켜야 할 소중한 존재라는 걸 알아줬으면 좋겠어."

이건 도토리와 낙엽의 대화이다. 관계를 맺는다는 것은 꿈을 실현하는 것이라고 했다. 특히 중요한 것은 도토리의 경우, 자신의 꿈만 실현시키는 것이 아니라 낙엽들의 꿈까지도 실현시켜야 한다는 점이다. 여기서 우리는 '미하일'이 해결한 하느님의 두 번째 말씀을 다시 듣지 않을 수 없다. 도토리가 자신의 꿈을 실현하는 데 무엇이 필요한가만을 사색하게 하는 것이 아니라 그 주변의 낙엽들과 공동의 꿈을 실현시켜 가도록 한다는 원리는 무엇을 의미하는가. 하느님께서는 인간이 뿔뿔이 흩어져 사는 것을 원하지 않기 때문에, 즉 인간이 하나로 뭉쳐 사는 것을 원하시기 때문에, '자신을 돌보는 데'에 그치지 않고 자신을 포함해서 만인을 위해서 무엇이 필요한가를 계시한 것이란 뜻으로 여겨도 좋지 않을까 한다. 그리하여 너와 나의 따스한 관계 속에서 우리 모두의 꿈을 함께 실현해 나가는 모습이야말로 사람들이 사랑으로 산다는 것의 참다운 실천적 의미가 아닐까 한다.

그렇다. 사람은 확실히 사랑으로 사는 것이다. 어떻게 사랑하며 사는가? 대상을 책임성 있게 길들이며 산다. 길들인다는 것은 무엇인가? 상호간에 유의미한 관계를 맺는 것을 말한다. 관계를 맺는다는 것은 또 무엇을 의미하는가? 그것은 공동의 꿈을 함께 실현해 감을 뜻하는 것이다.

이처럼 '사람은 무엇으로 사는가(톨스토이)'를 중심으로 '어린왕자(생텍쥐페리)'와 '관계(안도현)'라는 세 작품은 사람이 사랑하며 살아간다는 것의 실천적 원리를 성찰하게 해주는 작품이라 할 것이다.

여기서 소개된 '사람은 무엇으로 사는가(톨스토이)'를 중심으로 '어린왕자(셍텍쥐페리)'와 '관계(안도현)'라는 세 작품은 사람이 사랑하며 살아간다는 것의 실천적 원리가 무엇인가 하는 관심으로 읽을 수 있습니다. 그러기 위해서는 청소년들이 세 작품의 의미상 연결 관계에 유의하여 잘 이해할 수 있도록 도움이 필요할 수도 있겠습니다.

학생과 함께하는 활동

1) 세 작품의 의미상 연결 관계에 유의하여 사람이 사랑하며 살아간다는 것의 실천적 원리가 무엇인지 요약해 보자.

2) 이 작품('사람은 무엇으로 사는가')의 '미하일'처럼 사람들이 사랑으로 살아간다는 것을 느끼게 된 체험이 있으면 말해 보자.

5장

내 삶의
벽을
넘고 싶어

1. 세상이 욕을 해도 관습의 벽을 깨보고 싶다면?

『제1회 청소년문학상 수상작품집』 중
'높은 데서 나의 이름을' |
정유경 | 문학사상사 | 1992

우리는 살아가면서 끊임없이 선택의 기로에 서게 된다. 그 가운데서도 가치관에 대한 판단이나 선택은 더욱 어려운 문제로 다가온다.

역사에서 예를 들어 보자. 임전무퇴라는 화랑의 불문율 때문에 무조건 죽느니보다 살아서 후에 전공(戰功)을 세운 원술의 선택을 어떻게 평가할 것인가 하는 것은 단순한 문제가 아니다.

정유경의 '높은 데서 나의 이름을'은 삶의 방식과 관련된 가치관 선택의 문제를 다루고 있다고 할 수 있다. 이 소설은 1992년 월간 '문학사상사'가 주최한 제1회 청소년 문학상 수상 작품집에 실려 있는 고등부 소설 부문 대상 작품이다.

이 작품의 형식적 구조상 두드러지는 것은 우의적(寓意的)이라는 점이다. 우의, 곧 알레고리(allegory)는 어떤 진술이나 이야기가 그 자체가 아니라 다른 것을 말하는 속성을 가진다. 곧, 이 소설은 산족제비의 생태를 통하여 우리의 삶의 문제를 이야기하고 있는 것이다.

이 소설의 구성은 5단계로 구분해 볼 수 있다. 발단에서는 오빠, 아빠 산족제비의 죽음뿐만 아니라, 이웃들이 잇달아 사냥꾼들에게 습격과 유인을 받고 있는 숲속 삶의 상황이 드러나고 있다. 전개 단계에서는 산족제비로서 지켜야 할 불문율에 승복할 수 없는 주인공 '나미'가 올빼미와 비둘기(세라)를 만나기도 하며, 새로운 삶의 방식을 모색해 간다. 마침내 숲을 빠져나온 '나미'가 사냥꾼과 사냥개의 습격을 받았으나 불문율을 깨고 몸을 더럽힌 채 집 안에 뛰어듦으로써 자신은 죽음을 면하였으나 엄마를 잃게 되는 것이 위기라 하겠다. 개울에 몸을 씻고 나타난 '나미'에게 숲의 짐승들이 냉대를 하고 비판을 가하지만, 나미가 정처 없이 걸으며 자신의 삶의 방식을 고수하는 단계가 절정이다. 결말에서는 이미 성장해 버린 암컷 산족제비로서 '나미'는 고향에 돌아와서 지금껏 자신이 '당당한 태도로 홀로 설 수 있었던 용기'의 소중함을 깨달으며, 숲의 새로운 세대들이 자기가 취해온 삶의 방식을 이해하리라 기대하고 있다.

146

이와 같은 줄거리에서 보듯 이 소설의 주요 관심사는 삶의 방식과 태도에 있다고 본다. 산족제비 사회에서는 자신의 몸을 더럽힐 처지가 되면 차라리 사냥개에게 순순히 잡혀 죽는 것이 관습이었지만, 주인공 '나미'는 그 관습의 벽을 과감히 깨뜨리는 것이다. 곧, 그러한 행동은 '누구에게서도 환영받지 못하리라'는 엄마의 충고에도 불구하고 어쨌든 살기 위한 '새로운 방법'을 시도한다.

시도해 봐. / 생각하고 있는 것이 무엇이건 간에
그 누구에게도 욕설을 듣는 한이 있더라도.(111쪽)

'나미'가 실천해 온 행위와 새로운 세대들에게 전해 주고 싶은 위와 같은 말을 견주어 보면 그 의식의 지향성을 잘 엿볼 수 있다. 예를 들어 사회적 관습이나 관행으로 인하여 생명의 위협을 받게 되었을 때는 다소 비굴하더라도 생명을 지키는 것이 삶의 결백성을 사수하는 것보다 소중하다는 생각이 함축되어 있는 듯하다. 이렇게 보면 이 소설은 삶의 가치관에 대한 다소의 새로운 해석을 시도하는 것이라 하겠다.

그렇다면 어느 쪽의 삶이 가치로운가 하는 의문이 자연스레 떠오를 수가 있다. 하지만 이는 여기서 비중 있게 다룰 문제는 아닌 것 같다. 왜냐하면 이 소설에서 이와 같은 문제는 숲 속 사회의 전체적인 역학 관계 속에서 이해되어야 하기 때문이다. 다시 말해서 산족제비 사회를 습격하는 사냥꾼과 사냥개가 어떠한 존재냐에 따라 산족제비들의 선택에 대한 평가에도 여러 가지 가능성이 있기 때문이다.

그보다도 이 소설에 나타난 삶의 문제에 대한 평가는 젊은이로서 기성세대의 삶의 방식에 대한 고정 관념의 타파, 곧 새로운 의식에의 문제 제기 그 자체에 의의를 두어야 할 것이다. 따라서 이 작품의 제재로서 삶의 방식의 문제는 청소년들에게 사색의 거리를 제공해 준다는 것만으로도 유용하다고 본다.

이상에서 살펴본 바와 같이 이 소설은 젊은이로서 삶의 방식에 대한 가치 판단의 문제에 초점이 놓여 있는 바, 특히 세상이 욕을 한다 해도 관습의 벽을 깨 보고자 시도하는 젊은이의 삶의 방식을 고찰해 볼 수 있는 좋은 작품이라 할 것이다.

이 소설('높은 데서 나의 이름을')은 기존의 삶의 가치관에 대하여 다소 새로운 해석을 시도하는 것으로 이해됩니다. 곧, 세상이 욕을 한다 해도 지금까지 지켜져 온 관습의 벽을 깨보고자 시도하는 젊은이의 삶의 방식을 고찰해 볼 수 있는 작품이라 할 것입니다.

따라서 우리는 이 작품을 통하여 기성세대의 삶의 방식에 대한 고정관념의 타파, 곧 새로운 의식으로 문제를 제기할 수 있는 젊은이로서의 진취적인 자세를 배우게 될 것입니다.

학생과 함께하는 활동

1) 이 작품('높은 데서 나의 이름을')을 읽고, 주인공 '나미'의 삶의 태도에 대하여 자신의 긍정적, 혹은 부정적 견해를 말해 보자.

2) 이 작품('높은 데서 나의 이름을')의 '나미'처럼 여러분이 도전해 보고 싶은 세상의 잣대나 규범이 있는가? 혹은 상식을 깨고 여러분만의 생각을 펼쳐 보려는 시도를 해 본 적이 있는가? 여러분이 깨뜨리고 싶은 세상의 잣대는 무엇인지, 또 실제로 규범을 거부해 본 체험이 있는지 자유롭게 이야기해 보자.

2. 내 삶이 커다란 바위벽 앞에서 막히고 있다고 생각된다면?

개별 소설 작품마다 자아(自我) 앞에 펼쳐지는 세계(世界)의 모습은 다양하다. 양자가 '긴장된 대결'을 벌이는 것이 소설의 본 모습이겠지만, 강한 자아가 세계를 개조해 가는 경우도 있고, 거대한 세계 앞에서 너무나 왜소한 자아가 어쩔 줄을 모르는 경우도 있을 것이다. 곧, 소설이 문제적 인물을 다룬다면 그 문제의 주안점이 어디에 있느냐 하는 것은 작품에 따라 차이가 있다. 그것이 자아의 성격적 결함일 수도 있고, 그를 둘러싼 세계의 거대함 때문일 수도 있을 것이기 때문이다.

열여섯의 섬 | 한창훈 | 사계절 | 2003

한창훈의 청소년 소설 '열여섯의 섬'에서 볼 수 있는 자아와 세계의 모습은 후자에 속한다. 여주인공 '서이' 앞에 펼쳐지는 세계의 모습은 너무나 압도적이어서 읽는 이의 마음을 아프게 한다. 그녀는 일단 아버지로부터 세 번째 딸이라는 업신여김의 뜻으로 '서이'라고 이름 지어진 섬 소녀이다. 언니들을 데리고 엄마가 가출을 해 버려서 사실상 엄마 대신 살림을 꾸려 가야 하는 처지이다. 일을 하기는 하나 엄마에 대한 배신감으로 술주정만 늘어가는 아버지도 소녀에게는 부담이다.

이러한 처지에 놓여 있지만, 소녀는 거기에 안주(安住)하지만 않고 세계의 벽을 두드려 보려는 노력을 포기하지 않는다. 이러한 그녀의 가장 처절한 노력은 공상하기라 할 수 있다. 공상하기는 이 소녀가 '다른 세계로 가는 유일한 길'이다.

아니, 어디 딱히 갈 곳이 있어서 그런 것 같지는 않았다. 뭔가 답답한 게 가슴 속에 자꾸 들어차면 누구라도 그렇게 될 것이다. 자신을 감싸고 있는 집과 벽과 그리고 허공을 부수어 버리고 싶은 것이다. 담을 부수고 숲을 타고 올라 아예 저 파란 하늘로, 하늘마저도 방해하지 못하게 치고 올라, 그게 어딘들 상관없이, 그냥 달려가 보고 싶었다. 비명을 지르면서, 가슴이 터져라 악을 쓰면서.(28쪽)

이처럼, 공상하기는 실제로는 넘을 수 없는 견고한 절벽 앞에 선 여린 자아의 현실 도피적 기제이겠지만, 그래도 자신이 현실을 견딜 수 있게 해 주는 힘이며, 자아 확대의 통로인 셈이다. 공상하기를 통하여 소녀는 큰이모가 들려 준 '황금배'가 오는 것을 상상해 보기도 하고, 옥황상제를 만나 도회의 좋은 환경의 가정에 다시 태어나는 꿈을 꾸기도 한다. 수업 시간에 큰언니 집, 혹은 작은언니 집에 찾아가 보기도 하고, 또한 빨래를 하던 중에 귀부인이 된 엄마를 만나는 상상을 하기도 한다. 이러한 꿈꾸기는 소녀에게 그 자체의 즐거움과 동시에 엄마나 언니에 대한 용서의 마음을 키우는 카타르시스의 효과도 있어 보인다. 결국 이 소녀에게서 공상하기 특기는 '자신을 행복하게 만드는 도구'인 것이다.

한편 소녀 '서이'를 키운 요인으로는 공상하기 외에도 큰이모와 '이배', 바이올린을 켜는 '아줌마' 등의 도우미 역할을 들 수 있다.

우선 큰이모는 서이가 여섯 살이 된 이후부터 뒷바라지를 맡아 온 보모(保姆)라 할 수 있다. 큰이모도 육지로 가는 '황금배'를 꿈꾸지 않은 것은 아니지만 '섬에서 태어난 것을 숙명으로' 받아들이고 살아가는 여인이었다. 서이에게는 "결국 사람이란 다 불쌍한 거야."라고 말하면서 엄마를 미워하지 말고 나중에 꼭 찾아보라고 말하기도 했다. 그런 큰이모이기에 서이는 그녀를 가슴에 묻어 두기로 마음을 정한 것이었다.

다음으로 서이를 키운 이는 남자 친구 '이배'였다. 이배는 서이에게 호감을 가지고 자기 아버지가 잡은 물고기를 반찬거리로 가져다 주기도 했다. 그러면서 그는 무슨 일이 있어도 서이를 지켜 주겠노라고 '애인' 선언을 했다. 서이로서는 이배에게 프러포즈를 받은 셈이지만, '그런 건 먼 훗날 이야기요, 최소한 섬을 떠나 멀리 간 다음에 해야 할 것'이라 여기고 있기 때문에 이배의 구애를 받아들일 마음이 없었다. 곧, 친구로서 족하고 그 이상은 생각하지 않는다는 것이다.

끝으로 정신적인 면에서 서이를 키운 이는 바이올린을 켜는 '아줌마'였다. 육지에서 들어온 그녀가 켜 주는 바이올린 소리를 통하여 서이는 조금씩 자아에 눈떠 가기 시작한다. 그녀에게서 바이올린 소리는 '비밀의 문을 알려 주는 메시지처럼 울려 퍼지는 소리'였고, '그 무엇을 풀어 줄 수 있는 암호 같은 선율'이었다.

이처럼, 벼랑에 선 소녀에게 그 악기 소리는 구원의 목소리처럼 다가온 것이다. 그 '아줌마'를 통하여 서이는 음악을 온몸으로 느끼는, 천부적인 감상 능력을 타고난 것으로 인정을 받게 된다. '아줌마'가 그 바이올린을 서이에게 주고 육지로 떠나는 것으로 소설은 끝나지만, 아마도 그 악기는 여린 자아(自我)로서의 서이가 견고한 절벽으로서의 세계(世界)를 넘어 '공상'을 실현(實現)할 수 있는 푸른 사다리가 되어 주리라 기대된다.

자신의 삶이 장애물에 의해 크게 막히고 있다고 생각하는 사람들은 이 작품을 읽으며 소녀 '서이'의 벽 넘기를 향한 몸부림을 통하여 오히려 용기와 격려를 획득하게 되지 않을까 싶다. 그것은 대개의 경우 자신이 느끼고 있는 벽이 소녀 '서이'의 그것보다 높지 않을 것이기 때문이리라.

지도 주안점

이 작품('열여섯의 섬')을 읽는 우리의 주된 관심은 거대하고 압도적인 '세계' 앞에 놓인 '자아', 다시 말하면 도저히 감당하기 어려운 환경에 놓인 주인공이 어떻게 현실을 극복해 나갈 것인가 하는 문제입니다.
그리하여 자신의 삶이 크게 막히고 있다고 생각하는 청소년들은 이 작품을 읽으며 공상하기 등 소녀 '서이'의 벽 넘기를 향한 몸부림을 통하여 오히려 용기를 얻고 격려를 받게 될 것으로 생각됩니다. 그것은 대개의 경우 자신이 느끼고 있는 환경의 벽이 소녀 '서이'의 그것보다 높지 않을 것이기 때문입니다.

학생과 함께하는 활동

1) 이 작품('열여섯의 섬')에서 '서이'의 경우처럼, 여러분이 현재 느끼는 삶의 장애 요소는 무엇이며, 어떻게 극복할 것인가에 대하여 이야기해 보자.

2) 아래의 필자 체험담을 읽고 여러분의 주변에서 이 작품('열여섯의 섬')의 '서이'처럼 극히 어려운 환경에서 살아가는 청소년이 있다면, 그가 그러한 환경을 어떻게 헤쳐 나갈 수 있을지에 대하여 이야기해 보자.

이 작품을 읽으면서 필자의 머리를 떠나지 않은 한 소녀가 있었다. 1999년 필자가 울릉도 ㅅ중학교에 근무했을 당시 담임을 맡았던 김○정이다. 그때 ○정이는 1학년이 었다. 어머니는 딸을 돌보는 능력이 다소 모자라고, 아버지는 술주정이 있어서 자주 딸을 구타한다고 했다. 소녀는 그런 아버지를 몹시 싫어했다.

소녀는 울릉도에서도 그야말로 하늘 아래 첫 동네인 외딴집에서 아버지, 어머니, 남동생과 함께 살았다. 당시 울릉도 구암 헬기장에서도 2.5㎞ 정도 떨어진 '까끼등'이 란 가파른 산길을 올라야 집에 갈 수 있었다. 물을 아래편 골짜기로부터 길어서 먹어야 하고, 허드렛물은 빗물을 받아서 써야 했다. 그러기에 목욕을 거의 하지 못하고 세탁도 여의치 않아서 소녀의 몸엔 악취가 났다. 아이들이 곁에 다가가기를 꺼려 소녀는 늘 혼자 지내게 되었다. 곧 집에서나 학교에서나 소녀는 외롭기는 마찬가지였다. 말하자면 소녀는 그야말로 '절벽을 산책'하는 생활이었던 셈이다.

그런 소녀는 급기야 학교에 오지 않고 바닷가 바위 틈에서 놀다 귀가하기도 했다. 뿐만 아니라 2년 후인 3학년 때는 몰래 배를 타고 육지로 외출을 나가버린 일도 있었다. 언니를 찾아 구미로 갔다가 만나지도 못하고 경주역 근처에서 서성이다 경찰에 발각이 되어 울릉도로 되돌아 왔었다.

그런 소녀에게도 내가 보기엔 두 가지의 재주가 있었다. 물론 학력은 최하위 수준이었지만, 그림 그리기와 글을 읽고 쓰는 일에는 소질이 있어 보였다. 그림은 초등학교 때 담임 선생님으로부터 배워서 기초적인 솜씨를 갖추었다. 그러나 중학교에서는 소규모 학교인지라 미술 담당 선생님이 안 계셔서 그녀의 솜씨를 계속 키워 줄 수가 없었다.

다만 글을 읽고 쓰는 일을 북돋워 주는 일은 국어를 담당했던 필자의 몫이었다. 필자 나름대로는 특별히 다른 아이들보다 도서실의 책을 많이 빌려 주기도 하고, 교내 백일장에 입상을 시키기도 했다. 또한 대외 문예 백일장에도 데려 나가 입상을 하는 기회를 부여하기도 했다.

그러나 이 작품, '열여섯 살의 섬'을 읽으며 ○정이를 생각해 보니, 후회스러운 마음을 금할 수 없다. 지금 어디서 어떻게 사는 지는 모르지만, 그때 왜 좀 더 다부지게 소녀의 글재주를 키워 주지 못했던가 하는 아쉬움에 마음이 무겁다.

152

벼랑에 선 소녀가 꿋꿋하게 견딜 수 있는 어떤 지지대를 마련해 주었더라면 좋았으리라. 말하자면 이 작품의 '서이'에게서의 '바이올린'과 같은 구원의 무기를 지니게 해 주었으면……. 정말이지, 안타까운 마음이다.

이제는 학교에서도 그때에 비해 훨씬 나아진 교육 복지 혜택을 받을 수 있게 되어 다행스럽게 생각된다. 앞으로 개별적인 측면에서 '○정이' 같은, '견고한 절벽 앞에서 선 여린 자아들'이 마음껏 진로를 개척할 수 있도록 제도적으로 뒷받침해 주는 것이 절실한 문제가 아닐까 여겨진다.

**갈매기의 꿈 | 리처드 버크 |
현문미디어 | 2012**

우리는 종종 자신이 가지고 있는 성장 가능성을 스스로 제한하려는 경향을 보인다. 또 내가 그렇게 하는 것을 원하는 것이 아니지만 주변의 상황이 나를 그렇게 만드는 경우도 드물지 않게 확인할 수 있다. 그래서 남과 다른 자신의 가능성을 키우는 것은 선택의 중심점을 내 안에 찍고 그것을 향해 나아가며, 바깥의 기준선에 휘둘리지 않는 데서 실현할 수 있을 것이다.

우리는 리처드 버크가 1970년 미국에서 발표한 우화 형식의 신비로운 소설 '갈매기의 꿈'을 통하여 위와 같은 예를 찾을 수 있다. 이 작품은 아침이 되어 한 척의 어선이 바다에 미끼를 뿌리자 수많은 갈매기 떼들이 이리저리 날며 먹이 조각을 다투어 쪼아 먹는 장면으로 시작된다. 이때 갈매기 '조나단 리빙스턴'만은 그 소란을 외면한 채 홀로 비행 연습에 열심이다.

먹이를 쫓기 위해 하늘을 나는 다른 갈매기들과는 달리 조나단에게는 꿈이 있었다. 그것은 보다 더 높이, 보다 더 멀리 나는 것이었다. 그는 그 꿈을 이루기 위해 날았다.

"이제 ……더 몇 미터만……."

날개의 커브를 돌리며 더 날아오르려고 할 때, 깃털이 곤두서며 중심을 잃고 떨어지곤 했지만 그는 부끄러워하지 않고 또 날아오르기를 반복한다. 그러다 그는 우두머리 갈매기로부터 위엄과 전통을 거역했다는 이유로 추방당한다. 외톨이가 되었지만, 조나단은 포기하지 않고 혼자 비행 연습을 한다. 그러던 어느 날, 두 마리의 갈매기가 찾아와 그를 천상의 세계로 데려간다. 새로운 세상에서 만난 조나단의 스승은 그 유명한 말을 전해준다. "높이 나는 새가 멀리 본다."라고.

조나단은 결국 그 어떤 갈매기보다 높이, 그리고 멀리 날아오를 수 있었다. 그러나 그는 지상의 세계가 그리워 그 곳으로 내려간다. 그리고 플레츠 린드라는 갈매기를 만나 첫 제자로 삼는다.

"플레츠! 보이는 것만 믿지 마. 네 눈이 보고 있는 것은 한계뿐이야."

제자에게 나는 법을 가르쳐준 조나단은 허공으로 사라지고, 그가 떠난 자리에서 플레츠가 다른 제자들을 가르치며 허공을 향해 미소를 짓는다.

"한계가 없다고 했지요, 조나단?"

이렇게 숱한 한계, 혹독한 좌절, 뼛속 깊이 파고드는 외로움과 슬픔 속에서도 결코 포기하지 않고 비행 연습을 했던 갈매기 조나단은 결국 자신의 꿈을 이루었다.

배는 항구에 정박해 있을 때 가장 안전하다고 한다. 바다에 나가면 갑자기 풍랑을 만날 수도 있고, 또한 암초에 부딪칠 수도 있는 등의 위험에 노출되기 때문이다. 그러나 배의 목적은 항구에 정박해 있는 것이 아니다. 바다를 항해하기 위해 만들어진 것이기 때문이다.

우리의 인생사도 마찬가지이다. 무엇인가 도전하는 데에는 위험을 감수해야 한다. 그러나 실패가 두려워 도전조차 하지 않는 것은 이미 실패를 예약하는 일과 같다. 그러기에 니체도 '고난은 전진하는 자의 벗'이라고 했다.

이 작품에서 갈매기 조나단의 분투는 한계의 벽을 부수는 도전을 해보고 싶은 청소년들에게 든든한 길잡이가 되고 있다 할 것이다.

지도 주안점

청소년들은 누구나 성장 가능성을 지니고 있는 존재이지만 스스로 자신감이 부족하거나 또는 주변 상황으로 인해 그 가능성이 위축될 수 있습니다.

이 작품을 통하여 우리 청소년들이 남과 다른 장점 키우기를 실현하려면 과감하게 자신의 자존과 본질을 살려 자기 주도적인 선택의 기준을 가질 필요가 있겠습니다. 그리하여 이 작품('갈매기의 꿈')에서 갈매기 조나단처럼 실패를 두려워하지 않고 한계의 벽을 부수는 도전 정신으로 자신의 진로를 개척할 수 있도록 이끌어 주어야겠습니다.

1) 이 작품('갈매기의 꿈')에서 조나단의 아버지는 나는 기술보다는 먹이를 구하는 법을 먼저 배우라고 말한다. 하지만 조나단은 배가 고파도 더 높이 더 멀리 나는 연습을 한다. 조나단의 선택에 대하여 자신의 긍정적, 혹은 부정적 견해를 말해 보자.

2) 남들은 불가능하다고 하지만 여러분이 꼭 도전해 보고 싶은 일이 있으면 이야기해 보자.

자녀에게 한계를 극복하는 자신감을 느끼게 해 주어야

자녀에게 적극적인 사고방식을 어떻게 길러줄 것인가? "이렇게 해야 한다."라고 말하기보다는 "너는 할 수 있단다."라고 말하는 편이 낫다. 한계를 극복하는 자신감을 느끼고, 어려움을 이겨내는 기쁨을 알게 해 주어야 한다.

−이케다 다이사쿠, '여성에게 드리는 100자의 행복', 연합뉴스 동북아센터, 2012. p.132.

함께 읽으면 좋은 글(2)

'용기'라는 엔진으로 앞으로!

용기가 있는 사람은 힘차게 앞으로 나아갈 수 있습니다. 자신이 그리던 '산'을 오르고, '계곡'을 내려가, 자신이 목표로 하는 이상으로 희망으로 나아갈 수 있습니다. 바로 '용기'라는 두 글자가 '힘'으로 작용합니다.

(중략)

괴테의 말이라고 생각하는데 이런 말이 있습니다.

"재산이나 명예를 잃어도 그것은 대수롭지 않다. 곧바로 다시 힘을 내서 되찾으면 된다. 그러나 용기를 잃으면 모든 것을 잃는 것과 같다."

아무튼 용기를 내어 무엇인가 하면 후회는 없습니다. "그때 좀 더 용기가 있었다면…"하고 후회하는 인생은 불행합니다.

결과야 어떻든 올바르다고 믿는 길로 한 걸음 앞으로 내디뎌야 합니다. 남의 시선 따위는 신경을 쓸 필요가 없습니다. 나 자신의 생각대로 살아가면 됩니다. 내 인생이니까요.

−이케다 다이사쿠, 청춘 대화2(보급판)', 화광신문사, 2007. pp.124~125.

4. 아픔을 치유하는 간접 체험을 하고 싶다면?

하늘언덕 | 창신강 | 단비청소년 |
2013

아이들은 아프면서 커 간다고 할 수 있다. 그 아픔의 부위와 정도는 달라도 선천적, 혹은 후천적 원인으로 성장통을 앓기 마련이다. 그러기에 도종환은 '흔들리지 않고 피는 꽃이 있으랴'고 노래하였다.

흔들리지 않고 피는 꽃이 어디 있으랴

이 세상 그 어떤 아름다운 꽃들도 다 흔들리면서 피었나니

흔들리면서 줄기를 곧게 세웠나니

흔들리지 않고 가는 사랑이 어디 있으랴

젖지 않고 피는 꽃이 어디 있으랴

이 세상 그 어떤 빛나는 꽃들도 다 젖으며젖으며 피었나니

바람과 비에 젖으며 꽃잎 따뜻하게 피웠나니

젖지 않고 가는 삶이 어디 있으랴

―도종환, '흔들리며 피는 꽃'

중국 작가 창신강의 청소년 소설 '하늘언덕'은 가상의 '차오포 마을'에 들어선 '아동심리치료센터'를 배경으로 한 아동·청소년들의 요양 치유에 관한 이야기이다. '차오포'는 마을 이름이기도 하지만 그 동네서 나무 수레를 끌고 거리를 깨끗하게 치우는 청소부 노인의 이름이기도 하다.

이 마을 '아동심리치료센터'에는 3개의 방에 여러 명의 아이들이 요양 생활을 하고 있다. 아이들이 앓고 있는 아픔(상처)은 각양각색이다.

먼저, '참나무 아래' 방에는 루창창, 신신, 진상상, 쑤이신의 4명이 함께 지내지만 생활 특성은 제 각각이다.

가장 늦게 입소한 12세의 '루창창'은 몸무게가 79kg 정도로 다이어트를 위해 들어온

아이다. 들어오기 전 그는 1주일 내내 잠을 자다가 이 마을에 오자마자 스스로 걸었다. 그는 살을 뺄 수 있다는 믿음을 얻고 달리기를 통하여 체중을 줄여 나가 마을을 떠날 때는 56kg까지 감량을 할 수 있었다. 그리하여 그는 '차오포 마을의 길에, 들에, 공기에, 바람에 자신의 살을 흩어버렸나 보다.' 하고 회상하기에 이른다. 그는 단지 비만으로 입소했기 때문에 정신적으로는 이 센터 아이들 중 가장 건강해 보인다. 그래서 간호사 선생님들을 도와 다른 아이들 치유에 도움이 되는 역할 연기를 하기도 한다.

'신신'은 자기 자신을 심하게 학대하는 아이이다. 자학으로 얼굴에 칼자국이 남긴 큰 상처를 가지고 있다. 급식소의 냉장고에 몰래 들어가 겨우 발견되기도 한다. 마을의 늙은 말 '아이아이'에 대한 집착이 강하여 그 말이 죽자 크게 상심한다. 그 말의 아들(수말)을 찾고자 했으나 다른 마을로 팔려 갔다는 사실을 확인하고는 밤에 '아이아이' 그림을 그려 내었다. 그것이 '영혼이 담긴' 훌륭한 그림으로 평가되면서 유명해진다. 그는 마을 박물관에 보관하기 위해 그림을 팔라는 권유도 뿌리치고 그 그림을 가지고 마을을 떠난다.

'진상상'은 돈에 대한 지나친 집착을 가진 아이이다. 그는 플라스틱 속에 자물쇠를 채워 보관해 둔 돈을 남몰래 이불 속에서 하루에 3번씩 세는 버릇이 있다. 그 외 다른 일에는 관심이 없다. 그런 그에게 충격을 주는 사건이 있었다. '신신'이 그린 말('아이아이') 그림이 자기 상자 속 돈의 10배의 가치가 있다는 민속 박물관 관장의 말을 듣고 그는 큰 실망에 빠진다. 자기가 날마다 애써 세고 있는 돈이 보잘것없다는 것을 처음으로 깨닫고, 그 이후에는 더 이상 자신의 돈 상자에 손을 대지 않는다. 이것은 일단 돈에 대한 편집증에서 벗어나는 가능성을 보여주었다는 점에서 긍정적인 치유 효과라 보아도 좋을 것이다.

'쑤이신(쉐이신)'은 머리카락이 곧추 선 용모를 가진 아이다. 그는 세 살 때 부모님의 이혼으로 엄마 쪽, 혹은 새 아빠 쪽으로도 눈치를 봐야하는 찬밥 신세에 처하게 되었다. 세상에 대한 의심이 많아 사물을 믿지 못하는 경향이 있다. 예컨대 주위의 모두가 신신의 말 그림이 대단하다고 여기지만 그만 믿지 못하여 런전과 싸우기도 한다.

다음으로, '푸른 폭포' 방에는 리취안취안, 허위샹, 런전 3명이 입소해 있다.

'리취안취안'은 싸우는 것을 좋아하는 아이이다. 어릴 때 아버지로부터 받은 폭력으로 깊은 상처를 지니고 있다. 한번은 어항을 깼다는 이유로 그를 식탁 밑에 묶어 둔 적이 있었다. 그런 연유로 그는 아버지를 미워하며 심리적 복수심을 가지고 있다. 그리하여 자기 아버지를 닮았다는 이유로 그는 마을의 뚱뚱한 거위를 쫓는 버릇이 있다. 그 후 마을에서 스트레스를 받은 뚱보 거위가 자신을 피하는 것을 보고 그는 충격을 받게 된다. 자신이 버림을 받은 슬픔을 느낀 것이다. 그는 거위가 좋아하는 풀이 '조뱅이'라는 것을 알아내고 들판에서 그것을 뜯어 와 거위가 사는 집으로 가져다주었다. 그의 이런 정성이 통했는지 세 번째 뜯어간 '조뱅이' 풀을 거위가 먹는 것을 보게 된다. 그가 센터로 돌아오는데 거위가 따라 왔다. 그 감동으로 그는 센터로 돌아와 몸을 씻으며 울었다. 네 번째 풀을 뜯어 들판에서 돌아올 때 거위는 마을에서 기다렸고, 마침내 그는 거위를 포옹하게 되었다. 완전한 화해를 이룬 것이다. 그 이튿날은 스스로 찾아온 거위를 그가 씻겨 주었고, 이후 그는 거위와 풀밭에서 친하게 자주 놀았다. 이 마을을 떠날 때 그는 거위와 단 둘이서 참으로 아쉬운 작별을 고하게 된다. 이러한 뚱보 거위와 '리취안취안'과의 배척 및 화해 과정은 이 소설에서 가장 감동적인 부분이라 할 수 있다.

15세 소년 '허위샹'은 부모의 과욕으로 배움에 지쳐 질려 버린 아이의 전형을 보여 주고 있다. 그는 스케이트를 배워 전국 어린이 대회에서 2등을 했고, 피아노도 수준급이다. 그의 부모는 그를 세상에서 가장 똑똑한 아들로 키우려고 '한 눈 팔지 마, 계속, 한 번 더!'라는 말로 다그쳤다. 수많은 꿈을 강요당했지만 결과적으로 모든 꿈을 다 잃어버린 상태이다. 그는 어떤 상황을 대할 때마다 "모두 미쳤어."라는 말을 되풀이 한다.

그는 날마다 풀밭에 누워 부모님의 싫은 소리를 듣지 않는 자유스러운 환경에 있는 자신을 축하해 주었다. 처음에 입소했을 때는 양치질을 하지 않고 담배를 피우기도 한 그가 특이하게도 마을의 차오포 할아버지가 돌아가시자 할아버지 대신 그 나무 수레를 끌고 쓰레기를 줍는 일을 자진하여 하며 치유의 길로 나가고 있다.

'런전'은 거짓말쟁이 아이다. 거짓말을 밥 먹듯이 하여 다른 아이들에게 믿음을 잃고 있다. 치유에 관한 정보가 거의 없는 등장인물이다.

끝으로 '푸른 연못방'에는 '콩나물'이란 별명을 가진 여자 아이, '우방치 창'이 혼자 들어 있다. 그녀는 '거식증'을 치유하러 왔다. 나중에 루창창의 왕성한 식욕을 지켜본 후 식욕을 되찾기 시작한다. 마을 채소밭에서 '향긋한 냄새'를 맡고 후각을 되찾게 되자 오이를 따서 맛있게 먹었다. 루창창과 달리기를 하는 등의 노력으로 살을 찌우기 시작하여 마을을 떠날 때는 체중이 6kg이나 불었다.

위에서 보듯 아이들은 아픔과 더불어 성장하기 마련이지만, 중요한 것은 그 아픔을 치유할 수 있다는 신념을 가지고 적절한 시기에 적절한 방법으로 치유할 수 있어야 할 것이다. 그러기에 이 소설은 아픔을 치유하는 간접 체험이 필요한 청소년이나 심리 상담 종사자 및 선생님들이 읽어 볼만한 책이 아닐까 한다.

지도 주안점

이 작품('하늘언덕')의 아이들은 크고 작은 아픔을 치유하며 성장해 간다는 것을 말해 줍니다. 중요한 것은 아픔을 치유할 수 있다는 신념을 가지고 적절한 시기에 적절한 방법으로 치유하는 것이라는 점을 안내해 주어야 할 것입니다.

1) 이 작품('하늘언덕')의 등장인물 중 1명을 선택하여 그가 앓고 있는 아픔의 이유와 치유 방법에 대하여 상담해 주는 글을 써보자.

2) 이 작품('하늘언덕')에서 소개된 등장인물 중 여러분과 가장 유사한 아픔을 가지고 있다고 생각되는 인물을 찾아 위로의 말을 건네 보자.

3) 이 작품('하늘언덕')의 등장인물들처럼 여러분 주위에서 아픔을 겪고 있는 어떤 인물이 있다면, 어떻게 치유했으면 좋을지에 대하여 그에게 보낼 편지를 써 보자.

5. 자신의 강점 재능을 찾은 사람의 열정을 느끼고 싶다면?

한 사람의 학생이 학창 시절을 통하여 이룩해야 일 중 가장 중요한 것 한 가지가 무엇이냐고 묻는다면 필자는 자신의 진로를 올바르게 찾아가는 일이라고 대답할 것이다. 여기서는 평범한 한 청소년이 자신의 진로를 찾아가되, 남들 혹은 아버지가 설정해 놓은 성공의 기준 대신에 자신의 삶을 개척하면서 활짝 피어나는 소설의 주인공 한 명을 만나 보기로 한다.

**열네 살의 인턴십 |
마리 오드 뮈라이유 |
바람의아이들 | 2007**

마리 오드 뮈라이유의 '열네 살의 인턴십'은 14세의 소년 '루이'가 미용실 인턴 체험을 통하여 자신도 미처 몰랐던 재능과 열정을 깨닫고 미용사가 되기 위해 온 힘을 기울이는 이야기를 그린 청소년 소설이다. 이 작품에서 '루이'가 마이테 미용실에서 인턴십을 시작하는 것도 사실 본인의 뜻에 따랐다고 보기는 어렵다. 학교에서 내 준 숙제이었고, 아빠와 모범생 친구에 대한 반감, 그리고 자신의 지리멸렬한 학교생활에 대한 반발 때문이며, 그저 약간의 호기심에서 시작된 것이기도 하다. 하지만 인생의 모든 중요한 만남들이 그렇듯, 루이가 마이테 미용실을 만난 건 행운이었다. 그것이 자신의 강점 재능을 찾는 계기가 되어 완전히 다른 사람으로 바뀌게 되었던 것이다.

원래 '루이'는 수학은 갈피를 못 잡고, 국어는 무슨 말인지 못 알아들으며, 독어 시간에는 아예 잠들어 버리는 소년이었다. 잘하는 것도 없고 하고 싶은 일도 없는 '루이'였지만 미용실에서는 소질을 유감없이 발휘하게 되었다. 누가 시키지 않아도 어깨 너머로 머리 땋는 법을 익혀 학교에서는 한 번도 받아 보지 못한 칭찬을 경험하게 된다. 또한 가위질 연습을 하고, 미용사의 은빛 가위를 갖고 싶어 안달을 한다. 숨어 있는 재능과 열정, 이른바 원래 타고난 '미용사' 소질을 찾아냈다고나 할까. 그러니 일주일 간의 인턴십이 끝났다고 해도 루이는 학교생활로 돌아가기를 꺼려한다. 결국 '루이'는 학교 교사들이 파업을 했다는 거짓말을 꾸미며 대면서까지 미용실로 출근을 한다. 이때부터 마이테 미용실은 '루이'에게 작고 소박한 천국이 된다. 마이테 원장을 비롯한 미용실 사람들은 학교 수업을 보충해 주겠다고 나서고, 미용실 손님들은 학교의 교육 현실에 대해 이런 저런 토론을 하며 '루이' 걱정을 해 준다. 그 사이 루이는 빠른 속도로 실력을 쌓아 간다. 하지만 스스로의 노력으로 성공을 이루어 온 야심가인 루이 아빠가 아들이 미용사가 된다는 데 호락호락 허락할 리가 만무하다. 나중에 루이의 거짓말을 알게 된 마이테 원장과 할머니, 엄마, 심지어 교장 선생님까지 나서서 루이를 돕게 되었을 때도 아빠 앞에서는 그저 쉬쉬할 뿐이다. 그러니 우연히 미용실에서 루이를 만난 아빠가 분노를 폭발시키는 것은 예정된 수순이라고 할 수 있다.

여기서 우리는 부모가 자녀의 삶에 관여하는 것은 어느 정도가 적당할까 하는 점을 생각해 보게 된다. 적어도 열네 살짜리 아들이라면, 또 아이가 대다수의 사람들이 걷는 길에서 벗어나 다른 길을 가겠다고 한다면 그 앞을 가로막고 제발 제자리로 돌아가라고 소리치는 것이 아주 이해 못할 바는 아니다. 그러나 교육의 목적이 자녀의 행복에 있다면 어디까지나 자녀의 강점 재능을 존중해 주는 것이 부모로서는 현명한 선택이라 할 것이다. 더구나 아이들의 재능은 다양하기만 한데 '학교는 이처럼 다양한 지능을 갖춘 아이들을 어떻게 대해야 할지 모르고' 있는 것이 사실이다. 그러므로 그 부족한 것을 채워주는 것은 가정에서 부모가 해야 할 몫이 아닐까.

그럼에도 '루이'의 아빠는 폭력을 휘두르고, 그 일을 수습하기 위해 단번에 루이 앞에 무릎을 꿇고 만다. 그제서야 아빠의 사고방식도 한층 유연해졌으며, 마침내 '루이'는 본격적인 미용 수업을 받게 된다. 그리하여 불의의 사고로 휘청하던 마이테 미용실도 제자리를 찾는다. 결국 '루이'는 엄청난 성공을 거두게 되고, 이 이야기는 해피엔딩으로 끝을 맺는다.

이러한 '루이'의 성공은 자신뿐만이 아니라 주위 여러 사람의 삶을 바꾸어 놓게 된다. 그는 가족을 잃고 별 의미 없이 살아가던 마이테 원장에게 희망을 주었다. 불행했던 청소년기에 정신적 성장을 멈추어 버린 피피에게는 자신의 상처를 응시할 수 있게 해주었으며, 힘겨운 삶으로 고통 받는 클라라와 갸랑스에게는 따뜻한 위안과 사랑을 안겨 주었다. 또한 평범한 가정주부였던 엄마도 다시 학교에 다니며 새로운 삶을 준비하게 되었다.

그런 만큼 이 작품의 진정한 미덕은 자신의 강점 재능을 제대로 찾은 한 사람의 열정이 자신과 주위를 변화시키는 데 얼마나 큰 에너지를 갖는지, 아울러 여러 사람의 삶이 얼마나 촘촘한 그물망으로 연결되었는지를 생생하게 보여주고 있다는 점에 있다.

이 작품('열네 살의 인턴십')은 가정과 학교에서 아이의 강점 재능을 발견하고 키워 주기 위해 무엇을 해야 할 것인가 하는 관심을 갖게 해줍니다.

중학교에서는 자유학기제 실시를 계기로 진로 탐색 및 진로 체험 학습이 강화되는 등의 변화가 엿보입니다만, 다양한 재능을 갖춘 많은 아이들을 대상으로 한 개별 맞춤형 지도에는 한계가 있을 수 있습니다. 그러므로 그 부족한 것을 채워주는 것은 가정에서 부모가 해야 할 일입니다. 그 과정에서 특히 이 작품의 '루이' 아빠의 경우처럼 부모가 자녀의 진로 설정에 관여하는 기준은 무엇이어야 할까 하는 점을 생각해 보게도 합니다. 그것은 물론 적성이나 강점 재능이 되어야 할 것입니다.

아울러 이 작품의 '루이'를 통해서 우리는 자신의 강점 재능을 제대로 찾은 한 사람의 열정이 얼마나 주변 사람들에게 긍정적인 영향을 줄 수 있는가 하는 점도 생생하게 확인할 수 있습니다.

1) 이 작품('열네 살의 인턴십')에서 14세 소년 '루이'가 미용실 인턴 체험을 하게 된 동기와 그 곳에서 자신의 강점 재능을 발견하고 열정적으로 일하는 과정, 그리고 그것이 주위 사람들에게 미친 영향을 정리해 보자.

2) 이 작품('열네 살의 인턴십')에서 '루이'처럼 여러분은 자신의 강점 재능을 어떻게 찾아 개발할 것인가에 대하여 말해 보자.

3) 이 작품('열네 살의 인턴십')에서 '루이'는 자신이 하고자 하는 미용 일에 대하여 아빠의 반대에 부딪히게 된다. 여러분은 자신의 강점 재능 개발을 위해 부모님께, 그리고 학교에 바라는 바를 말해 보자.

부모는 절대적으로 아이 편이 되어야

아이는 스스로 자라나는 '싹'을 지니고 있다. 그러므로 자녀가 나아갈 길을 찾았다면 온 힘을 다하여 응원하여야 한다. 남이 뭐라고 하든 부모만큼은 절대적으로 아이 편이 되고 가장 큰 버팀목이 되어야 한다.

—이케다 다이사쿠, '여성에게 드리는 100자의 행복', 연합뉴스 동북아센터, 2012. p.128.

6. 강자(强者)에게 지지 않는 아버지의 삶을 이해하고 싶다면?

『하늘은 맑건만』 중
'나비를 잡는 아버지' |
현덕 | 문학과지성사 | 2007

어느 시대나 아버지의 삶은 호락호락하지 않다. 아니, 고달프다고 하는 것이 맞을 것이다. IMF 금융 위기에 이어 다시 다가온 경제적 어려움으로 우리 아버지들은 더욱 거친 가시밭으로 내몰리게 되었다. 이른바 아버지 수난 시대인 셈이다.

지난 2009년에 개봉되어 290만 관객을 훌쩍 돌파하며 독립 영화의 역사를 새로 쓴 바 있는 영화 '워낭 소리'는 이충렬 감독 스스로 아버지에게 반성문 쓰는 심정으로 만든 헌정 작품이라고 말한다. 영화를 통해서 아버지의 마음, 한국의 아버지의 마음이 어떤 것인가를 좀 보여 주고 싶었다고 한다.

이 영화에서 아버지는 소로 비유된다. 늘 한결같이 묵묵하게 노동을 하며 자식에게 아낌없이 내어 주는 존재인 것이다. 또한 성치 않은 몸으로도 힘들게 일하는 할아버지와 소는 곧 우리 시대 모든 아버지들의 모습이기도 하다.

빠르게 변해가는 세상 속에서도 오직 한 마음으로 변함없이 자신의 자리를 지켜 온 우리들의 아버지. 영화 '워낭 소리'는 바로 자식의 입장에서 이러한 우리 아버지의 삶에 대한 관심과 이해를 일깨우는 요령의 역할을 한 것이라 여겨진다.

이 요령 소리를 은은하게 들으며, 현덕의 청소년 소설 '나비를 잡는 아버지'를 읽어 보자. 위에서 말한 영화 '워낭 소리'가 주로 이 시대 어른들이 자신의 아버지의 삶을 되돌아보는 계기를 마련해 주었다면, 여기서 소개하는 '나비를 잡는 아버지'는 아이의 입장에서 아버지의 삶을 이해하게 되는 과정을 그렸다는 데 의의가 있다. 이 소설은 최시한·최배은이 엮은 한국근대청소년소설전집 2('하늘은 맑건만', 문학과지성사, 2007)권에 실려 있는 작품들 중의 하나이다.

이 소설의 주인공 '바우'는 고집불통의 전형적인 시골 아이다. 하루는 함께 소학교를 다니다 서울 상급 학교로 전학을 갔던 '경환이'가 방학을 맞아 동네로 놀러온다. 서울에서 유행한다는 노래를 부르며 얼굴도 더 희어지고 옷도 좋은 걸 입고 나타난 경환이의 모습이 바우의 눈에는 곱게 보이지 않았다. 보통학교 때 자기보다 공부도 못 했고, 그림도 못 그리던 놈인데, 단지 마름집 외아들로서 지위가 높다는 이유로 그렇게 된 것이다.

그러던 중, 방학 숙제로 나비 채취를 하는 경환에게 바우는 통쾌한 복수를 하게 된다. 예쁜 호랑나비를 잡은 바우에게 그 나비를 달라는 경환이를 약 올리다가 결국 그 나비를 그냥 놓아주어 버렸던 것이다. 화가 난 경환이는 나비를 잡는다는 핑계로 채 익지도 않은 바우네 참외밭을 구둣발로 짓밟아 버린다. 이를 목격한 바우는 경환이를 흠씬 두들겨 패 준다.

그리하여 바우는 곤란한 지경에 처하게 된다. 귀한 집 아들을 때렸다는 이유로 어머님이 주인집에 불려가게 되는가 하면, 자기는 잘못한 게 없다고 하지만 혼이라도 날까 봐 가슴이 두근거린다.

한편, 소작을 하시는 아버지의 화가 이만저만이 아니다. 어떻게 하든 주인집에 잘 보여야 내년 농사도 지어 먹을 수 있는 처지였기 때문이다. 그래서 아버지는

"나비 잡아서 경환이네 갖다 주고 잘못했다고 빌어라."라고 언성을 높인다. 이튿날 아침에도 바우는 한 번 더 나비를 잡아 주라는 언명을 받았다. 그러나 그는 잘못한 것은 경환인데, 마름집에 굽신거리며 자신에게 화를 내는 아버지가 야속하다고 생각한다.

집을 나온 바우는 맞은편 메밀밭 두렁에 허연 사람의 그림자가 왔다갔다하는 걸 보았다. 경환이 놈이 또 나비를 잡으러 왔으려니 하면서, 메밀밭에 다가선 바우는 다음 순간 입을 다물지 못했다. 똑똑치 못한 걸음걸이로 밀짚모자를 벗어 나비를 쫓아 엎드렸다 일어섰다 하는 모습의 주인공은 바로 아버지였기 때문이다.

바우는 울음이 되어 터져 나오는 마음을 가슴 가득히 참으며 메밀밭을 향해 소리쳤다.

"아버지. 아버지. 아버지."

이 소설에서 바우의 아버지는 나비를 잡는다고 참외밭을 망친 철없고 못된 아이와 그 아이를 편드는 이기적인 부모를 마음속으로부터 밀어낸다. 그리고 겉으론 호되게 나무랐지만, 결국 아들의 자존심을 찾아 주기로 한다. 그래서 아들 대신 나비를 잡아다 주기로 한 것이다. 맞대서 이길 일이 아니니 져주는 포용을 베푸는 것이다. 그것은 아들에게

승패의 벽을 넘어 강자에게도 표면적으로 지는 듯하지만 결과적으로는 지지 않는 삶의 방식을 가르치는 것이라 하겠다.

아들은 그런 아버지를 보면서 세상 살아가는 법을 깨우친다. 바우는 나비 잡는 아버지를 울면서 바라본다. 그 아버지가 무척 불쌍하고 정답고, 그리고 그 아버지를 위하여서는 어떠한 어려운 일이든지 못할 것이 없을 것 같다. 아버지의 삶에 대한 진정한 이해가 이루어지는 순간이다. 아버지에 대한 노여움의 응어리를 풀고 연민을 느끼게 되었으며, 마침내 닫혀있는 마음을 열며 아버지의 삶에 대한 이해 및 화해의 순간에 이르게 된 것이다. 아이의 정신적 성장이 이루어지는 계기이기도 하다.

'나비를 잡는 아버지'는 시대를 막론하고 어떠한 상황에서도 온 몸으로 가정을 지켜가기 위해 몸부림치는, 가장으로서 지지 않는 '아버지'의 삶에 대한 하나의 자화상이리라. 이에 대한 이해와 공감은 책을 덮고 난 후에도 가슴이 찡한 이유가 아닐까.

어른 아이 할 것 없이, 지금 이 순간 자신에게 물어 보자. "너는 잘 알고 있니? 네 아버지의 삶을."

그리고 이 소설과 함께 읽어보면 좋을 동화 작품으로 앤드루 클레먼츠의 '황금 열쇠의 비밀'(비룡소, 2010)이 있다. 아버지와 아들이 불화하고 또 화해하는 과정을 세밀하게 보여주는 작품이다.

지도 주안점

이 작품('나비를 잡는 아버지')은 아이의 입장에서 아버지의 삶을 이해하게 되는 과정을 그렸다는 데 의의가 있습니다. 현재 바우가 아버지와의 표면적인 불화(不和)의 모습을 보이는 것은 강자(强者)에게도 지는 듯이 지지 않는 아버지의 삶을 이해하지 못했기 때문입니다. 그런 만큼 이 작품을 통하여 어떠한 상황에서도 온 몸으로 가정을 지켜가기 위해 몸부림치는, 가장으로서 지지 않는 '아버지'의 마음 읽기에 다가설 수 있을 것입니다.

1) 이 작품('나비를 잡는 아버지')에서 '바우'가 경환이네와의 관계를 고려한 아버지의 대처 방식을 이해하게 되는 과정을 말해 보자.

2) 여러분이나 혹은 주변 친구의 아버지, 혹은 어머니가 어려운 장벽을 극복한 사례가 있다면 이야기해 보자.

3) 여러분의 아버지의 입장에서, 나는 어떤 아이일지 생각해 보고 스스로 아들 또는 딸로서의 점수를 매겨 보자.

6장

세상이
나를
철들게 해

1. 냉혹한 현실을 발견한다는 것의 의미를 알고 싶다면?

봄바람 | 박상률 | 사계절 | 1997

우리 인생에 있어서 이상과 현실 사이에는 길거나 짧은 차이는 있어도 거리가 있기 마련이다. 여기에서 다루고자 하는 박상률의 '봄바람'은 목가적인 꿈과 현실과의 불화의 문제를 생각해 볼 수 있는 제재가 아닐까 여겨진다.

이 작품에서 시대 상황적인 경험을 빼고 나면, 지배적인 줄거리나 주인공 훈필이의 주된 관심은 은주와의 목가적인 사랑 추구에 있다고 할 수 있다. 이것은 문학에서의 낙원 의식과 접맥된다는 점에서 문학의 본질 추구에 접근되고 있다 하겠다.

나중에 서울 아이에게 마음이 쏠리면서 달라지긴 하지만, 이 작품의 전반부에서 주인공 훈필의 모든 관심은 은주에게로 통하고 있는 것으로 볼 수 있다.

남 앞에 서기를 싫어하는 소심한 성격의 그가 반 대표로 웅변 대회에 나선 것은 순전히 '은주에게 무엇인가 보여주고 싶어서'였다. 식용 식물 '삐비'를 뽑은 것도 은주에게 선물하기 위해서였고, 돈을 모아 자전거를 한 대 사면 그녀를 뒤에 태우고 학교에 오가리라는 생각도 해 본다.

장차 농업 고등학교를 나와서 목장을 차리고 은주와 결혼하여 행복하게 사는 꿈을 꾸기도 한다. 그가 염소를 기르는 기쁨도 농업 고등학교 졸업 후 은주와 결혼하여 시원한 밀짚모자를 쓰고 그녀와 목장을 거니는 꿈과 연결되어 있다. 마을 확성기의 배경 음악으로 흐르는 '밀짚모자 목장 아가씨'라는 노래는 이 작품의 목가적인 분위기를 북돋워주는 역할을 한다.

또한 이 소설에 등장하는 '꽃치'라는 인물도 목가적인 분위기를 덧보태주고 있다. '꽃동냥치'라는 말에서 유래한 이름처럼 그는 밥을 얻어 먹는 일 외에 철따라 피는 산과 들의 꽃을 꺾어 망태기에 지고 다닌다. 그러다 정신이 온전하지 못하지만 철없는 아이 같은 '은주 고모'에게 꽃다발을 만들어 선물을 하기도 한다. 그는 평소에 노래를 하고 다니지만, 전혀 말이 없는 사람인데 훈필은 그의 입에서 유일하게 '꽃이 아름답지 않아?'라는 말을 듣게 된다. 낙원에서나 살아갈 듯한 '꽃' 상징의 인물, '꽃치'의 등장은 독자들에게 신비감과 호기심을 더해 주기도 한다.

한편, 훈필이는 월남 갔다 온 배롱나무집 셋째 아들의 무용담보다 그가 가져온 미제 껌이나 과자에 더 관심을 가진다. 물론 그런 것을 얻어서 은주에게 주고 싶어서였다. 방학 숙제를 덜한 은주에게 방학책을 빌려 주려고 밤샘을 하며 자신의 방학책 쓰기를 먼저 하는 모습이 가상하기도 하다.

그러던 것이 2학기에 접어 들어 전학을 온 서울 아이가 등장하면서부터 이 작품의 구도가 바뀌게 된다. 곧, 훈필이의 관심이 급격히 서울 아이에게로 기울면서 변화의 조짐을 보이기 시작한다.

'하얀 얼굴, 깨끗한 옷, 나긋나긋한 서울 말씨'로 아이들의 동경의 대상이 된 서울 아이에게 훈필이도 호감을 느끼게 된다. 그리하여 서울 아이와 은주의 얼굴을 겹쳐, 비교해 보는 습관이 생기게 되었다. 그러는 가운데, 하루는 은주가 옥수수 두 개를 들고 염소를 매어 놓는 산언덕, 곧 '푸른 목장'을 방문한다.

"니도, 훈필이 니도 말이다. 서울 아이가 좋냐?"

하는 은주의 질투어린 질문을 통하여 그는 은주도 자신을 좋아한다는 것을 확인하였으나, 서울 아이에게로 향하는 자신의 마음을 다잡지는 못했다.

오히려 푸른 목장에 어울리는 밀짚모자 아가씨는 은주보다 서울 아이 같다는 생각을 하게 된다. 그런가 하면 자신의 '푸른 목장'에서 꺾은 들국화 꽃다발을 은주가 아닌 서울 아이에게 주고 싶다는 마음이 더 크다는 것을 느끼게 된다. 마침내 공교롭게도 서울 아이의 생일날 그 꽃다발 선물을 하게 된 것은 오히려 불행의 씨앗이 된 측면이 없지 않아 보인다. 그 사실을 알게 된 은주의 질투를 받게 된 것은 당연하기 때문이다.

그 날 이후로 소심한 훈필이는 스스로 다른 아이들로부터 소외당하게 되는 기분을 느끼며 고독해 한다. 게다가 기르던 염소마저 죽게 되자 농업 고등학교 진학의 꿈은 물론 은주와 푸른 목장을 운영하는 꿈도 무너지게 된다.

그리하여 절망한 훈필이는 가출을 결심한다. 그에게는 목장 주인이라는 소박한 꿈이 있었으나 점차 자라면서 자신이 처한 현실을 객관적으로 파악하게 되자 이 꿈에 대한 관심을 잃게 된다. 곧, 또래들보다 웃자란 자신이 시골 구석에서 썩을 수 없다는 생각을 하고 서울로 가 푸른 목장을 운영하는 것보다 더 크게 성공하여 돌아올 것이라는 다짐을 하고 떠났다.

그러나, 첫날 저녁 목포역에서 돈을 소매치기 당함으로써 가출에 실패하고 말았다. 그로서는 또 다른 냉혹한 현실에 직면하게 된 것이다.

학교에 '돌아온 영웅'이 다시 은주를 만났으나 그때는 이미 옛날의 목가적인 사랑을 꿈꾸던 훈필이가 아니었다. 곧, 현실 세상의 물을 너무 많이 먹어버려서 목가적인 꿈을 잃어버린 그였기 때문이다.

마침내 훈필이가 찬찬히 생각해 본 결론은 '목장 울타리에 갇히는 꿈보다는 언제나 포구를 떠나갈 것을 준비하는 뱃사람'이 훨씬 자기에게 맞을 것 같다고 생각하기에 이른다. 이것은 훈필이의 성장 요건이란 측면에서 보면 나름대로의 현실의 발견이란 의미가 있다 할 것이다. 왜냐하면, 이미 '떠남'을 익힌 그에게 '갇힘'만으로 살아가기는 힘들다고 볼 수 있기 때문이다. '뱃사람'은 '갇힘'의 상태에서 자기가 희망하는 '떠남'의 상태로의 전환이 가능하기에 실현 가능성이 있는 최적의 진로 선택을 한 것이리라. 이것은 또한 목가적인 꿈에서 벗어나 현실의 냉혹함을 발견한 것으로, '돌아온 탕아'류의 일반적인 철없음에서 철 있음으로 변화하는 성장의 모습을 보여주는 것이라 하겠다.

그런 만큼 이 작품은 목가적인 꿈을 제재로 현실과의 불화를 통해 철이 들며 성장해 가는 주인공을 그린 청소년 소설이다. 그러기에 순진한 소년이 냉혹한 현실을 발견한다는 것의 의미를 공감해 볼 수 있는 작품이라 할 것이다.

지도 주안점

이 작품('봄바람')에서 '훈필이'는 '푸른 목장'으로 대표되는 목가적인 꿈을 가졌지만, 현실의 벽에 부딪혀 철이 들면서 '뱃사람'이 되겠다고 생각을 바꿉니다. 그런 만큼 이 소설을 통해 우리는 청소년들이 발밑의 현실에 바탕을 두고 자신의 이상(理想)을 펼치려는, 건전한 진로 설계의 지혜를 배우게 될 것입니다.

176

1) 이 작품('봄바람')에서 '훈필이'가 목가적인 꿈에서 벗어나 현실의 냉혹함을 발견하는 과정을 정리해 보자.

2) 이 작품('봄바람')의 '훈필이'처럼 자신이 생각했던 이상적 생활 모습이 현실적으로 이루기 어려운 일이라는 것을 깨달은 체험이 있으면 소개해 보자.

2. 미지의 세계 여행을 통한 자아 확대를 체험하고 싶다면?

만세전 | 염상섭 | 신원문화사 |
2005

우리의 삶은 구체적 시간과 공간 속에서 영위된다. 이러한 의미에서 인간의 삶의 두 축을 주체와 환경의 문제로 파악할 수도 있을 것이다. 이를 문학적 용어로 바꾸어 말하면 '자아(自我)'와 '세계(世界)'의 관계로 규정될 수 있다. 왜냐하면, 사회적 존재인 인간의 삶은 자아와 세계의 끊임없는 관계성에 있어서, 때로는 상호 부대끼면서 대립하기도 하고, 혹은 서로 조화를 이루어 화해하기도 하는 과정이라 할 수 있기 때문이다.

염상섭의 '만세전'은 자아와 세계의 대결이 치열하게 드러나지는 않지만, 주인공 이인화가 낯선 곳을 여행하면서, 자아의 향상·발전 의지라는 수직적 삶의 축과 더불어 사회적·공동체적 삶이라는 자아의 수평적 확대의 문제를 느끼고 있음을 본다.

그리하여 여기에서는 1910년대 말기의 조선과 일본을 무대로 청년 유학생 이인화가 겪는 자아와 세계의 갈등 과정을 통하여 소시민적 식민지 청년 지식인의 자아의식을 탐색해 보기로 한다.

이 작품의 형식적 특징은 여로형(旅路型) 소설이라는 점이다. 주인공 이인화는 동경에서 출발, M현(軒)·고베(神戸)·시모노세키(下關)·관부연락선·부산·김천·대전을 거쳐 서울에 오고, 다시 동경으로 돌아가는 여로를 통해 지금까지 모르던 현실의 일상에 폭넓게 접하고 눈뜨게 된다. 그러한 여정을 거치며 책에서 얻은 지식으로 현실의 실상을 안다고 착각하고 판단하던 자신을 반성하게 된다.

이인화가 시모노세키에서 연락선을 타는 장면에서 시작되는 제3장에서 이 작품은 1·2장의 사적(私的)인 공간에서 돌연 사회적 공간으로 전이된다. 이인화는 스스로도 고백하듯이 우국지사도 아니고, 정치에 대해서는 원래 무관심하다. '자기가 망국 민족의 일분자(一分子)라는 사실은 간혹 명료히 의식하지만 '이때껏 별로 그런 문제로 머리를 썩이어 본 일'이 전혀 없었다. 그러다 우연히 연락선 목욕탕에서, 조선인 노동자를 모집해다가 내지에 팔아먹는 일본인 장사꾼들의 이야기를 엿들으면서 민족의 현실을 충격

178

4 부 ● 사회

으로 받아들이기 시작한다. 게다가 1·2장에서 등장하지 않던 형사와 헌병의 출현으로 그는 직접적인 충격을 체험하게 된다. 즉 형사들에게 끌려 내려와 짐 뒤짐을 당한 뒤에 다시 배에 올라 밤 갑판 위에서 점점 흐려가는 항구의 불빛을 바라보면서 이인화가 눈물을 흘렸다는 것은 일본 유학생으로서 그의 내부에 잠자고 있던 민족적 모순에 대하여 최초로 눈을 뜨게 되었다는 의미가 있다고 할 것이다. 그것은 곧 '책상 도련님'이 당시의 참혹한 조선 현실에 직면한 생의 시련을 통하여 맹목적 자아의 상태에서 참답게 자아를 확립시켜 가는 계기를 맞게 된 셈이다.

이렇게 이인화는 1·2장에서의 냉소적이고 건전하지 못하게 노는 기분에서 벗어나 냉엄한 관찰자로 변모하게 되는 것이다. 그의 자아중심적 안목이 사회 속의 자신을 발견하게 됨에 따라 자아가 사회에 의해서 규제되어 있음을 의식하는 안목으로 바뀌는 것이다. 그리하여 제5장에서 그는 이제껏 그냥 지나치기만 하던 부산 시가로 들어가 조선 거리를 찾아 본격적인 '발견 여행'에 나서게 된다. 제6장에 이르러 식민지 조선의 암담한 현실에 접하고 그는 '이게 산다는 꼴인가? 모두 뒈져버려라! …무덤이다! 구더기가 끓는 무덤이다!' 이렇게 외치기에 이른다.

이제 그는 그 자신의 고뇌가 개인적일 문제일 뿐만 아니라 민족 전체의 문제임을 이 참담한 귀국 여행을 통해서 확연히 깨닫게 되었던 것이다.

지금까지 우리는 이 작품에서 내면(구심성) 지향의 자아가 식민지 민중의 참혹한 상황이라는 외향적(원심적) 체험의 충격으로 새롭게 눈을 뜨게 되었다(개안[開眼])는 것을 살펴본 셈이다. 그러나 주인공 이인화에게서 민족의 현실에 대한 눈 뜸, 곧 이해와 그 극복을 위한 실천은 또 다른 문제이다. 이것은 우리의 일상생활에서도 지행합일(知行合一)이냐, 불화(不和)냐 하는 불가피한 선택에 당면하는 경우에 해당된다고 하겠다.

그런데 이인화는 '머리는 민중을 포용하지만 그의 육체는 민중을 혐오'하고 있다. 이 때문에 이 작품에 묘사된 민중의 모습은 극히 부정적이다. 불교식(佛敎式)으로 표현하자면 이인화는 생각과 행동이 일치하지 못하는 '색심불화(色心不和)'의 심리적 상황에 처해 있다. 말하자면, 원래 근대성 추구라는 작가 의식에 기인한 구심(내면) 성향의 주인공 의식이 식민지 현실이라는 특수 상황에 부딪혀 잠시 주춤하면서 원심성(외향)으로 일시 기울어졌으나, 결국 자아 중심주의의 추가 매달린 오뚜기처럼 다시금 구심성(내면)으로 원점 회귀했다고 볼 수 있을 것이다. 주인공 이인화의 이러한 심리적 상황은 그가 '구더기 끓는' 조선의 현실에 뛰어들지 못하고 다시 일본으로 돌아갈 수밖에 없는 이유와도 무관하지 않을 것이다.

결과적으로 이 작품은 식민지 청년의 미숙한 자아 확대 체험을 다룬 소설이라 해도 좋을 것이다. 그렇더라도 구체적 시간성과 공간성 속에서 구심(내면) 지향성을 지닌 이 작품의 주인공은 비참한 식민지에 처해 있는 나라, 혹은 민족이라는 원심적(외향) 세계에 대한 충격으로 심리적 눈뜨기에 이르는 과정을 드러내 준다. 곧 이 작품은 한 인간이 자아 발견을 통하여 참다운 세계 인식에 도달하는 과정과 삶의 진실에 이르는 길이 비극적 체험에 있음을 보여준다. 그러기에 일반적인 경우 미지의 세계 여행을 통한 자아 확대를 체험하고 싶다면 이 작품을 사례 도서로 선정할 수 있을 것이다.

지도 주안점

이 작품에서 식민지 청년 지식인 유학생인 주인공 '이인화'가 일본에서 조선으로 귀국 여행을 통하여 당시의 참혹한 조선 현실에 눈을 뜨긴 했으나 그 극복을 위한 실천엔 뛰어들지 못했습니다. 말하자면 이 작품은 식민지 청년의 미숙한 자아 확대 체험을 다룬 소설이라 해도 좋을 것입니다.

이 소설에 대한 독서 체험을 오늘날 청소년들에게 적용한다면 미지의 세계 여행을 통하여 새롭게 알고 느끼며 깨달음으로써 자아 확대의 체험을 해보는 것이 성장에 도움이 된다는 점이라 하겠습니다.

1) 이 작품('만세전')을 읽고, 1920년대 식민지 유학생으로서 주인공 '이인화'가 참혹한 조선의 현실을 인식하는 태도의 변화를 파악하고, 거기에 대한 자신의 견해를 말해 보자.

2) 여러분이 이 작품('만세전')의 '이인화'처럼 낯설고 새로운 곳을 여행하고 나서 크고 작은 것을 깨달았거나, 세상을 보는 안목에 변화가 생긴 체험이 있으면 이야기해 보자. 그런 체험이 없다면 반드시 여행해 보고 싶은 곳과 그 이유를 이야기해 보자.

3. '자기 내부에 도사린 부도덕성'을 경계하고 싶다면?

자전거 도둑 | 박완서 | 다림 |
1999

몇 해 전 3월, 1학년 야영 수련 때의 일이다. 야영 장소인 청소년 수련 센터의 여러 야외 프로그램 중 필자에게 가장 관심이 가는 것은 '파이프 라인' 게임이었다. 학생들이 단체로 두 편을 갈라 각각 일렬로 서서 위치를 바꾸어 가며 자신이 가진 반원통형 플라스틱 파이프의 홈을 이용하여 탁구공 같은 것을 빨리 이어 굴리는 팀이 이기는 경기이다.

전형적으로 협동의 미덕을 기르는 게임이라 할 수 있지만, 포상의 매력을 부여하여 아이들에게 자율적으로 시행하게 할 경우에는 '도덕성'을 실험하는 게임으로 활용될 수도 있다. 실제로 공을 떨어뜨리게 되면 그 자리에서 다시 시작해야 하는 규칙을 정직하게 지킨 팀은 속도가 느려서 지게 마련이고, 떨어진 공을 주워 원래 위치보다 앞쪽으로 담는 등 반칙을 일삼은 팀은 우선은 속도가 빨라 이기는 것처럼 보인다. 그러나 후자의 경우 심판에게 발각이 되면 전체가 무효이기 때문에 결국 패하게 될 것이다.

이처럼 정직함, 혹은 도덕성을 지키는 것은 우선은 손해를 보는 것 같지만 궁극적으로는 성공으로 이끄는 초석이 된다는 믿음을 아이들에게 심어주는 것은 참으로 소중하다. 더구나 최근의 '세월호'와 같은 참사의 밑바탕에는 '낮은 도덕성'이라는 요인이 도사리고 있었던 만큼, 그러한 신념을 청소년들에게 육화시키기 위해서는 부모와 교육자들의 더 많은 성찰과 지속적인 노력이 있어야 할 것이다. 아니, 그보다 더욱 바람직한 것은 부도덕한 어른들로부터 스스로를 지킬 수 있는 청소년들이 많이 생겨나는 일이다.

우리는 그 가능성을 박완서의 동화 '자전거 도둑'에 등장하는 주인공 '수남이'에게서 발견할 수 있다. 청계천 세운상가 뒷길의 전기 용품 도매상의 점원인 수남이는 열여섯 살이나 되었으나 아직 '꼬마 점원'으로 통한다. 굵은 목소리 외에는 어린이 같이 여리고 깨끗한 모습을 하고 있기 때문이다. 그런데도 '세 명은 있어야 해낼 가게 일을 혼자서' 해내느라 온종일 눈코 뜰 새 없이 바쁘게 일을 하고 밤에는 가게 방에서 숙직을 한다.

182

주인 영감은 이런 수남이에 대해 대학도 가고 박사도 될 사람이라며 칭찬을 해대며 '내년 봄에 시험 봐서' 고등학교에 가라고 독려해 준다. 고등학교에 갈 생각만 하면 수남이게는 '심장에 짜릿한 감전을 일으키며 가슴을 온통 휘젓는 이상한 힘'이 생긴다. 그래서 더욱 부지런하게 일을 한다.

그런데 그런 수남이에게 가혹한 시련이 다가온다. 바람이 몹시 부는 어느 날 자전거를 타고 수금을 하러 나갔다가 길에 세워둔 자전거가 넘어지면서 남의 자동차를 들이받는 사고를 낸 것이다. 차 주인이 변상하기 전에는 자전거를 가져갈 수 없다며 자전거에다 자물쇠까지 채워 놓는다. 수남이는 수금해 온 주머니 속 만 원 생각만 하면 얼굴이 화끈대고 공연히 무섭기까지 하다. 그렇지만 주인 영감님을 위해 그 돈만은 죽기를 무릅쓰고 지킬 각오를 단단히 한다.

사실 그 사고는 부주의에 따른 예기치 않은 사소한 실수로 나타난 것이긴 하다. 그리하여 이 시련 앞에서 수남이는 결국 일시적으로 도피하는 방법을 택한다. 차 주인이 없는 틈을 타서 자물쇠가 달린 자전거를 들고 달아나고 만다.

이렇게 부당한 방법으로 자전거를 들고 오면서 그는 '떨리고 무서우면서도 짜릿한' 쾌감을 느끼게 된다. 그러나 수남이가 이 쾌감이 문제가 된다는 것을 깨달은 것은 참으로 기특하고 그의 장래를 위해 다행한 일이다. 그러한 '쾌감'이 앞으로 도둑질을 하게 하는 요인이 될 것을 경계하고자 했다는 데에서 이 소년의 정신적 성장이 이루어졌다는 것을 확인할 수 있다. 그리하여 그는 자신의 석연찮은 행위에도 "오늘 운 텄다."라고 좋아한 가게 주인 영감에게서는 더 기대할 것이 없다는 것을 깨닫고는 도덕적으로 자신을 견제해 줄 어른, 곧 아버지를 그리워하며 고향집으로 가기 위해 짐을 꾸린다.

수남이의 귀가는 순진한 소년이 어른 세계의 악에 물들 뻔 했던 자신을 다시 '소년다운 청순함'으로 되돌려 놓는 의미가 있다. 또한 바람직한 것은 부도덕한 어른들을 스스로 배척할 수 있는 정직한 청소년의 출현 가능성을 그에게서 찾을 수 있다는 점이다. 그러기에 청소년들에게도 일찍부터 도덕성, 혹은 청렴 교육이 필요하다고 볼 때, 이 작품은 하나의 좋은 교육 자료로 선정될 수 있을 것이다.

요컨대 '자기 내부에 도사린 부도덕성'에 대한 경계를 해야겠다는 필요성을 인식한 소년을 그렸다는 데에 청소년 소설로서 이 작품의 의의가 있다 할 것이다. 그리하여 '수남이' 같은 청소년이 많아진다면 우리 사회의 앞날이 밝아지리라는 희망과 기대를 가져도 좋지 않을까 여겨진다.

지도 주안점

청소년은 우리나라의 미래입니다. 우리의 미래가 밝으려면 청소년들이 최소한의 건전한 정신을 지녀야 할 것입니다. 그런 만큼 이 작품('자전거 도둑')을 통하여 우리가 유념해야 할 것은 주인공 '수남이' 같이 '자기 내부에 도사린 부도덕성'에 대한 경계를 해야겠다는 필요성을 인식할 수 있는 청소년이 많아져야 할 것이라는 점입니다. 나아가 이 작품은 도덕성, 혹은 청렴 교육 자료로도 활용할 수 있을 것입니다.

1) 이 작품('자전거 도둑')의 '수남이'는 부당한 방법으로 저전거를 들고 오면서 '짜릿한 쾌감'을 느끼지만, 그것이 문제가 될 수 있는 요소라는 것을 깨닫는다. 여러분도 생활 속에서 '자기 내부에 도사린 부도덕성'의 유혹을 물리치고 자신에게 승리한 체험을 이야기해 보자.

2) 아래의 글에서 설명하는 현상이 나타난 이유와 이를 해결하기 위한 방안을 논술해 보자.

2006년 1월 8일, KBS 방송에 보도된 내용이다. 부정한 방법으로 10억 원을 벌 기회가 있다면 어떻게 하겠는가 하는 설문 조사에 대하여 프랑스 학생들은 25명 중에 22명이 단호히 거절하면서 제안자를 신고하겠다는 반응을 보였다고 한다. 반면, 우리나라 학생들은 39명 중에 15명이 감옥에 가더라도 10억 원을 벌고 보겠다고 응답했다는 내용이다. 과반수에 해당하는 학생들이 윤리를 어겨서라도 원하는 목적을 달성하겠다는 삐뚤어진 가치관을 지니고 있다는 것이다.

이러한 사례들은 우리 학생들의 기본 정서와 의식에 문제가 있다는 것을 여실히 보여 준다. 이것은 아무래도 직접, 혹은 간접적으로 어른들의 가치관이 반영된 것으로 볼 수밖에 없을 것인 바, 학교뿐만 아니라 가정에서도 청소년들을 대상으로 도덕성, 혹은 청렴에 대한 가치관 교육의 필요성을 반증해 주고 있다고 하겠다.

호박 | 존 보어 | 고려원미디어 | 1994

인생은 우리가 원하든 원하지 않든 경쟁의 연속이다. 그러한 경쟁의 상황에서 지지 않는 비결은 무엇일까? 이것은 특히 치열한 입시 경쟁에서 자유로울 수 없는 우리 청소년들에게는 절실한 문제이기도 하다.

미국의 델라코트 청소년 도서상을 수상한 존 보어(John Bauer)의 '호박'은 경쟁에 임하는 자세와 승리의 요건은 무엇인가를 생각해 볼 수 있는 제재가 아닐까 여겨진다.

이 작품의 주인공인 16세의 고등학교 여학생 '엘리'에게서 찾아낼 수 있는 경쟁 승리의 요인은 크게 두 가지로 나눠 볼 수 있다.

이 소설의 엘리에게서 첫 번째로 배울 수 있는 진정한 승리의 요건은 투철한 자아의 정체성 인식과 장인(농부) 정신이라 할 수 있다.

나는 내가 좋아하는 일을 할 수 있는 것에 대해 마음속으로 감사하면서 〈맥스〉의 씨앗이 담긴 쟁반을 집어 들었다. 나나 할머니는 인생이란 자신을 찾아가는 한 과정이라고 설명하셨다. 자기가 누구인지, 그리고 어떤 사람인지를 찾아낸 사람은 하느님의 가장 고귀한 선물을 받은 사람이라고 말씀하셨다.(250면)

이처럼 그녀는 철저한 농부 정신, 곧 흙의 정신에 뿌리를 둔 자기 정체성을 지녔기에 어떠한 어려움이 닥쳐도 호박에 대해 지극한 정성을 쏟을 수 있는 정열도 갖출 수 있었다. 그녀는 나나 할머니로부터 호박 재배법과 아울러 처음 결심한 생각을 끝까지 지켜 나가고, 온갖 어려움에도 꺾이지 않는 정신을 배웠다. 그리고 엄마가 남긴 육아 일기에 의하면 그녀는 재배가의 마음을 타고 났다고 기록되어 있다.

그녀가 처음으로 호박에 호기심을 느끼게 된 것은 신데렐라에 나오는 거대한 애드벌

룬만한 호박에서였다고 한다. 그리고 초대형 호박을 재배하는 이유는 투쟁하기를 좋아하기 때문이라고 했다. 호박을 재배한다는 것은 하루하루가 투쟁의 연속이다. 그 이유는 비바람과 서리와 곤충과 곰팡이들을 상대로 끊임없이 투쟁하지 않으면 호박은 한 순간에 죽고 말기 때문이다.

특히, 장마가 질 때에는 호박은 특별 관리가 필요하다. 한 번은 그녀가 새벽 두 시에 일어나 물고랑을 내고서는, 암탉이 병아리를 품듯 〈맥스〉 위에 엎드린 적이 있다. 아무래도 호박 때문에 자신이 미친 것이 아닐까 하는 생각을 하게 될 정도였다. 그러나 〈맥스〉에게는 그때 온기가 필요했기에 그야말로 온힘을 다 기울여 체온으로 감싸는 그녀였다. 새벽녘에 이르러 빈사 상태에 빠졌지만 그래도 〈맥스〉 품기를 그만두지 않았다.

이처럼 위대한 작물 뒤엔 언제나 재배자의 숨은 공로가 있는 법이었고, 또한 '엘리'의 그런 정성을 호박인 〈맥스〉는 알아차리는 것이었다. 이렇듯 그녀가 어린 나이에도 인생은 투쟁이고, 투쟁하는 한 승리해야 한다는 것을 호박 재배를 통하여 보여준 것은 대견한 일이라 하겠다.

이 작품의 엘리에게서 배울 수 있는 또 하나의 진정한 승리의 요건은 주위에 좋은 협조자들이 있어서 그녀가 도움을 받을 수 있었다는 점이다.

먼저, 할머니는 그녀에게 '하느님이 내리신 축복'이다. 엘리의 할머니는 농부로서 자신의 본분을 잠시도 잊어버리는 법이 없는, 곧 철저한 장인 정신의 소유자이다. 태어날 때부터 천성적인 농부 기질을 타고 나신 할머니는 가을철 호박 경진 대회에서 여러 차례 푸른 기장을 탄 경력을 지니고 있다.

그런 할머니의 기질은 엘리에게 그대로 전수되다시피 한다. 우선 할머니는 엘리에게 자기 본분에 충실할 것을 강조하는 방향으로 경쟁의 원리를 가르친다. 곧, 경쟁에 있어 초점을 상대방이 아니라 자신의 가슴에 둘 것을 권한다.

"엘리, 네가 시릴(성인 남자 경쟁자)을 주시하고 있는 한, 너의 초점은 빗나갈 수밖에 없단다."(41면)

경쟁이라 해도 상대방과의 비교가 문제가 아니라 자신의 일념(一念)이 소중하다는 것을 현명하게 지도해 주신 것이다. 진정한 승리는 가슴에서부터 시작되고 가슴에서 끝난다. 푸른 리본은 그 다음 문제일 뿐이라는 식이었다. 경쟁자인 시릴의 호박이 문제가 아니라 결승에 오를 때까지 자신의 호박에 어떤 결점이 생기지 않도록 잘 재배하는 것 자체가 중요한 경쟁이라는 것을 깨닫도록 충고하기도 한다.

그러면서 할머니는 경쟁에서 우승 자체를 목적으로 삼지 말라고 말한다. 경진 대회를 통해서 작물 재배에 관한 비결을 서로 교환하고, 끝없는 도전 정신을 함양하는 것이 그 목적이라고, 자신의 호박보다 시릴의 호박이 더 크다는 사실로 패배 의식에 사로잡혀 있는 그녀를 타이른다.

마침내 엘리도 그러한 원리를 체득하여 자신의 초대형 호박인 〈맥스〉에게 적용시키게 된다. 그녀는, 스스로 성장하려는 의지를 가진 인간이라면 남의 시선을 의식할 필요 없이 자기 자신에게만 충실하면 된다는 내용의 기사를 응용하여, 〈맥스〉에게 "너는 틀림없는 챔피언이니까 다른 호박들을 의식할 필요 없이 너 자신의 성장에만 힘쓰면 된다."라고 다독여 준다. 교육학에서 말하는 자기 충족 예언 내지는 피그말리온 효과를 연상시키는 장면이기도 하다. 또한 〈맥스〉가 약해지는 기미를 보이면 아빠의 테이프 '홀로서기'를 틀어 주면서 날마다 아침을 새로운 기대와 사랑으로 맞이하라고 충고해 주기도 한다.

또한 할머니의 그런 기질은 엘리에게 '흙의 정신'을 계승케 하는 방향으로 나타난다. 대형 호박 〈맥스〉의 줄기를 잘라서 트럭에 싣고 대회장으로 옮기기 직전에 나나 할머니가 그녀에게 준 선물은 축축한 흙이 한 덩어리 든 가방이었다.

그리고 시릴의 〈빅 대디〉와의 숨 가쁜 대결을 벌이는 순간에 그녀는 그 가방 속으로 흙을 매만지며 자신을 위로한다.

"촉촉하고 부드러운 흙이 손에 느껴졌다. 할아버지와 할머니가 평생 갈고 고르시던 흙이었다. 엄마가 사랑과 정성으로 아름다운 장미꽃을 피워 내던 흙이었다."(231면)

하며, 흙의 전통성에서 우러나오는 가족애를 느끼게 되는데, 그것은 보이지 않는 승리에의 울력으로 작용하는 것이었다.

마침내 승리는 엘리의 것이 되었다. 그때 그녀는 얼른 〈맥스〉를 키워 낸 정원으로 가서 "정원의 흙을 만져 보고 싶었고, 내가 누구인지 다시 한 번 생각해 보고" 싶어 했다.

엘리에게서 할머니 다음으로 소중한 정신적 협조자는 역시 농부 정신을 갖춘, 슬기롭고 용감한 연인 웨스였다. 애초에 전학 온 그를 보자마자 정신이 뽕 나가 버리는 듯한 충격을 받은 소년이었다. 그도 농작물 재배자로서 옥수수를 재배하고 있었기에 무언가 마음으로 서로를 이해하는 통로가 마련된 셈이다. 게이더즈빌 고등학교 농예 클럽의 회장을 지냈으며, 농과 대학을 지망하여 농부가 될 꿈을 꾸고 있는 학생이었다.

그도 엘리에게 경쟁은 자신과의 싸움이라는, 할머니와 비슷한 생각을 말한다. 경진 대회 직전에 엘리에게 보낸 편지를 통하여 그는 승리의 비결은 경쟁자를 의식하지 않는 데에 있으니 네 자신에게만 모든 힘을 집중시키라고 하였다. 상대와의 대결도 우선은 자신과의 싸움이라는 사실을 친구이자 연인으로서 격려어린 조언을 해 준 것이다.

여기서 경쟁의 요건으로서 역시 소중한 요소는 바로 상대를 의식하는 것보다는 자신과의 승부에 몰입하는 것임을 알 수 있다. 이러한 사례를 우리는 골프의 여왕 박세리 선수의 '무심(無心) 골프'나 박인비 선수의 '돌부처 골프 스타일'에서 찾아 볼 수 있다. 또한 마지막으로 출전한 소치 동계 올림픽에서 메달 색깔보다 자신의 기량을 최대한 펼치기에 더 집중하던 김연아 선수의 경우도 마찬가지라 할 것이다.

이상에서 살펴본 바와 같이 이 소설에는 우리나라 고등학교 저학년(16세) 정도의 청소년이 할머니의 지원 아래 호박 재배라는 일을 통하여, 웨스와 우정 어린 사랑을 나누면서, 우수 호박 경진 대회라는 경쟁의 상황을 버티어 가는 과정이 잘 나타나 있다. 그런 가운데 집안의 전통인 농부 정신을 꿋꿋이 계승하는 한편, 청소년으로서 자아의 성장과 정체성 확인을 이룩해가는 이 이야기는 어느 모로 보나 흠잡을 데 없이 감동적인 명작이라 하지 않을 수 없다.

그러기에 이 작품은 치열한 입시 경쟁에서 예외일 수 없는 이 땅의 청소년들에게 승리의 탑을 쌓는 자세와 요건에 대하여 많은 충고와 아울러 격려의 메시지를 보내 주고 있다는 데 그 의의가 있다 할 것이다. 나아가 누구나 경쟁에서 승리할 수 있는 비결이 궁금하다면 이 소설보다 더 나은 작품을 찾기란 쉽지 않을 것이다.

끝으로 소설은 아니지만 이 작품과 함께 읽으면 좋을 책으로 '착한 경쟁'(전옥표, 비즈니스북, 2015)을 들 수 있다. 이 책에서 제시하는 '착한 경쟁'이란 누군가를 밟고 일어서는 경쟁이 아니라 어제의 나보다 더 나아지기 위해, 진정한 자신의 가치를 실현하기 위해 열심히 사는 것을 의미한다. 따라서 이 작품에서 드러나는 경쟁의 원리와 상통한다고 하겠다.

지도 주안점

이 작품('호박')의 주인공 '엘리'는 자신이 누구인가 하는 정체성 인식과 관련하여 할머니에게서 물려받은 철저한 농부 정신, 곧 흙의 정신을 지녔기에 어떠한 어려움이 닥쳐도 호박에 대해 지극한 정성을 쏟을 수 있는 정열도 지니게 되었습니다. 이 바탕 위에 상대와의 대결도 그 상대를 의식할 것이 아니라 우선은 자신과의 싸움이라는, 할머니와 남자 친구의 조언을 마음에 새기게 됨으로써 경쟁에서 승리할 수 있는 요건을 잘 갖추게 되었습니다.

그러기에 이 작품 읽기는 치열한 입시 경쟁에서 예외일 수 없는 이 땅의 청소년들이 승리의 탑을 쌓는 자세와 요건에 대하여 나름대로 배울 수 있는 계기가 될 것입니다.

1) 인생은 경쟁의 연속이라 할 수 있다. 경쟁에서 승리하는 요건에 대하여 이 작품('호박')을 통하여 배울 수 있는 내용을 정리해 보자.

2) 지금 자신에게 가장 중요한 경쟁은 무엇이며, 이 작품에서 느낀 바를 바탕으로 그 경쟁에서 선전하기 위한 자신만의 짧은 응원 문구를 만들어 보자.

3) 트리나 폴러스의 동화 '꽃들에게 희망을'에서 줄무늬 애벌레와 노랑 애벌레의 행적을 비교해 보고, 삶에 있어 맹목적인 '목표'와 진정한 '목적'에 대하여 말해 보자.

남과 비교하지 말고 자신의 길을

(전략)

남과 비교해도 소용없습니다. '토끼와 거북이' 이야기에서 '거북이'가 이긴 이유는 특별히 상대가 '토끼'였기 때문이 아닙니다.

'거북이'는 상대가 누구든 상관하지 않고 오로지 자기 길을 온 힘을 다해, 중단하거나 서두르지 않고 한 걸음 한 걸음 걸었습니다. 그런 사람이 마지막에는 승리합니다.

남에게 승리하기보다는 지금까지의 나에게 승리한다. 그것이 더 가치 있습니다. '어제의 나'보다도 오늘은 한 걸음 앞으로 나아갔다. '오늘의 나'보다도 내일은 이만큼 더 힘내자. 그렇게 하루하루를 보내기 바랍니다.

−이케다 다이사쿠, '희망대화(보급판)', 화광신문사, 2014. p.47∼48

5. 좋은 '삶'을 위한 '죽음' 공부를 하려면?

중국 시안(西安)의 '병마용갱'을 보며 사람들은 무슨 생각을 하게 될까? 필자는 영생(永生)의 문제를 해결해 보려고 안간힘을 쓴 진시황이 결과적으로 무모한 예술을 빚어내었다는 생각을 해 보았다. 진시황이 영생의 문제에 얼마나 집착했으면 그렇게 거대한 삶의 현장을 붙박이로 묶어 두고 싶어 했을까 하는 연민과 같은 느낌을 받기도 했다. 불로초를 구하러 우리나라에까지 사자(使者)를 보냈던 그가 아닌가.

어느 날 내가 죽었습니다 | 이경혜 | 바람의아이들 | 2004

그러나 영생의 문제는 믿음이나 신념으로는 가능하나 현실적, 물리적으로는 불가능한 일이므로, 이를 잘 해결하려는 '죽음 교육'이 필요하다고 할 것이다. 죽음이란 언급을 꺼린다고 해결될 문제는 아니며, 언제나 우리에게 닥쳐올 수 있다는 것을 받아들이는 순간 우리는 겸손해질 수 있다. 그리고 이것은 우리가 해야 할 인생의 가장 큰 공부이다.

더구나 최근 여러 가지 이유로 청소년 자살 사건이 이어지고, 불명예스럽게도 우리나라가 OECD 국가 중 자살률 1위를 기록하고 있기에 어릴 때부터 '삶을 깨우는 죽음 교육'을 받아야 한다는 주장이 설득력과 공감을 얻고 있다.

여기서는 이경혜의 청소년 소설 '어느 날 내가 죽었습니다'를 중심으로 잘 살기 위해 필요한 죽음에 대한 인식 문제를 생각해 본다. 이 작품은 죽음 학습과 관련하여 크게 2가지를 성찰해 볼 수 있는 성장소설이라 할 수 있다.

첫째, 죽음이 '나'의 문제라는 것을 의식하고 생활 속에서 죽음을 인식함으로써 오히려 삶의 소중함을 느끼고 감사하게 살아가는 일이다. 나아가 '임종정념(臨終正念)'이란 말과 같이 죽음에 임해서도 마음의 동요를 일으키지 않고 믿음(信)의 일념을 흔들림 없이 관철하는 것에 대해서 생각해 보게 된다.

3월 14일(금), '재준'의 일기를 보자. 그는 '죽은 사람의 심정이 되어 하루를 보내'는 '시체 놀이'를 하는 소감을 이렇게 적고 있다.

　일단 아침에 자리에서 깼을 때, 나는 이미 죽었어, 하고 생각했더니 눈앞에 펼쳐
진 하루가 한없이 소중하게 여겨졌다. 그렇게 가기 싫던 학교도 당장 달려가 보고
싶었고, 아침부터 공부 열심히 해야 한다고 잔소리를 퍼붓는 아빠도 재미있게 여겨
졌고, 새로 산 내 나이키 운동화를 몰래 신고 나가 진흙을 묻혀온 인준이도 용서할
수 있었다. 나는 이미 죽었는데 죽은 사람에게 나이키 운동화쯤이야 하찮지, 하는
생각 때문이었다.(97~98쪽)

여자 주인공 유미의 경우도 다음과 같이 '죽음'에 대해 생각해 보는 계기가 되고 있다.

　내 평생도 얼마가 될지는 모르겠지만 누군가 태어났다면 반드시 죽는다는 사실
을, 그것도 언제 죽을지 모른다는 사실을, 그리고 그 죽음이 지극히 어이없고, 하찮
은 것일 수도 있다는 사실을 네가 가르쳐 주고 갔으니까.(184쪽)

둘째, 이 소설을 통해서 우리는 여자 주인공 유미의 입장에서 남자 친구 재준의 죽음
을 맞는 청소년의 상처 내지는 후유증에 대해서 생각해 보게 된다.
우선 유미는 재준이 어머니('아주머니') 만나기를 두려워한다. 아주머니를 만나면 몰아
칠 재준이가 죽었다는 실감으로 인한 고통을 이겨낼 수 있는 자신이 없었기 때문이다.
또한 유미는 수업 시간에 멍하니 있게 되고, 전반적인 의욕 상실증을 느끼게 되었다.

　살아 있다는 기분이 들지 않았다. 재준이의 빈 자리를 볼 때마다 슬픔보다 허무함
이 밀려왔다. 재준이가 그 자리에서 죽은 게 아니라는 사실이 나를 괴롭혔다. 내가
그때 깨어 있었으면서도 아무 것도 해주지 못했다는 사실이 명치끝에 걸려 내려가
지가 않았다. 처음에 그것은 분노와 슬픔이었는데, 시간이 지날수록 그것은 그냥 답
답함이었고, 허망함이었다. 손가락 사이로 모래가 흘러가듯이 사는 일이 허망하게
만 여겨졌다.(118쪽)

이처럼 대개 친구가 죽게 되면 주변 학생들은 죄책감과 심리적 불안을 느끼게 된다. 실제로 자살이 일어난 학급의 반 친구들은 심약해지고 우울증을 앓는 등 후유증이 심하다고 한다.

한편, 누구든 탓하고 싶어 또 다른 희생양을 만드는 경향이 있다고 전문가들은 말한다. 특히 사고사가 아닌 자살인 경우는 더 심각하다. 이런 환경에 노출된 학생은 '자살 위험군'으로 분류되기도 한다.

동전의 양면과 같이 '잘 죽기'를 생각해 보는 것은 '잘 살기'를 꿈꾸는 것과 다르지 않다. 그러기에 여기서는 가장 적극적인 죽음 배우기를 통하여 잘 살기 의식을 일깨우는 몇 가지 방법들을 알아보기로 한다.

첫째, 가장 적극적인 죽음 배우기는 '사전(死前) 장례식'이 아닐까 한다. 실화를 책으로 옮긴 '모리와 함께한 화요일'이 그 대표적 사례다. 책의 주인공 모리 슈워츠는 어느 일요일 오후, 가족과 제자, 친지들을 자신의 집으로 초대해 장례식을 치른다. 조문객들은 장례식에서 눈물을 흘리거나 웃기도 하고, 자작시를 낭송하는 등 자신만의 방식으로 산 자이자 죽은 자인 모리의 죽음을 애도한다.

모리가 '사전(死前) 장례식'을 치른다는 발상을 하게 된 것은 루게릭이라는 희귀병에 걸려 죽음을 앞두고 있었기 때문이다. 그는 죽은 후에 사랑하는 사람들의 애도를 받는 것보다 살아 있을 때 그들과 작별 인사를 하는 것이 삶을 아름답게 정리하는 길이라고 생각했다. 그래서 산 자들만을 위한 장례식이 아닌 산 자와 죽은 자가 함께 슬픔을 나누는 '쌍방형 장례식'을 치른 것이다.

죽기 전 장례식으로 세계인들의 가슴을 울렸던 모리의 인생 메시지는 제자인 미치와 나누었던 대화에서도 드러난다. '어떻게 죽어야할지 배우게. 그러면 어떻게 살아야 할 지도 배우게 되니까.'

둘째로 '자작 묘비명 쓰기'를 통한 죽음 배우기 방식을 생각해 볼 수 있다. 묘비명이란 물론 생전에 고인이 추구했던 인생 철학을 묘비에 새겨 추모하는 글이다. 비유하자면 묘비명은 산 자들이 죽은 자에게 주는 인생 성적표이다. 따라서 아름다운 삶을 살다 간 사람들은 높은 점수를 받게 될 것이며, 소중한 삶을 낭비하고 간 사람들은 공개하기

조차 부끄러운 점수를 받게 될 것이다.

그런데 자작 묘비명을 써보겠다는 것은 그렇게 살기를 염원한다는 의미가 강하다. 이 것은 삶과 죽음이 우리의 존재 속에 공존하고 있다는 것을 겸허하게 받아들이는 일이 며, 비교적 적극적으로 삶과 죽음을 화해시키는 일일 것이다. 그런 화해의 결과는 경건 한 삶으로 나타난다는 데 자작 묘비명 쓰기의 참뜻이 있을 것이다.

셋째, 유언장 쓰기 방식이 있다. 죽음에 대한 의식은 자신을 돌아보는 결정적 계기가 된다. 유언장을 써 보는 것도 자신의 삶을 어떻게 정리할지 사색하는 기회가 된다. 곧, 자신의 지난 삶을 돌이켜 보고 주위를 다시 한 번 둘러보는 데 의의가 있다. 결과적으로 죽음을 마주하는 것이 아니라 삶을 마주하기 위한 체험 형식이다.

넷째, '버킷 리스트 쓰기'이다. 죽음을 수용하고 긍정적·능동적 삶을 다짐하는 방식으 로 채택할 만하다고 생각된다. 버킷리스트(bucket list)란 '죽기 전에 꼭 해야 할 일'을 의 미하는 말로 동명의 영화가 인기를 끌면서 우리에게 익숙한 말이 되었다. '잘 사는 건, 잘 죽는 것'이라는 말이 있듯이 '죽음'은 인간 누구에게나 닥치게 될 숙명적인 과제와 같 은 것이다.

최근 서점가에 소개되고 있는 '죽기 전에 답해야할 101가지 질문' 등이 이를 반영해 주 고 있거니와 죽음을 이야기하지만 결국 '살아가는 방식'을 가르쳐 준다는 데 그 의의가 있다.

다섯째, 비교적 '죽음'을 덜 의식한 채 삶의 성취를 중심으로 하는 '꿈의 목록 쓰기' 방 식도 생각해 볼 수 있다. 그러나 이 꿈의 목록이라고 해서 무한히 작성할 수 있겠는가. 브라질의 작가 코엘류는 수필집 '흐르는 강물처럼'에서 '영원히 죽지 않을 듯 살다가 살 아보지도 못한 것처럼 죽는다'라고 했다. 우리의 삶에 대한 한계를 일깨워 주는 지적이 라 하겠다. '존 고다드의 꿈의 목록'은 대표적 사례로서, 결과적으로 이 방식도 죽음 배 우기에 긍정적인 효과를 거둘 수 있다 하겠다.

앞서 언급한 바와 같이 죽음 교육이란 곧 '삶의 교육'이다. 그러니까 삶을 위한 죽음 교육의 대상이 노인만이 아니라 어떤 삶을 살아야 보람되고 행복하게 살 수 있을까를 가르치는 교육이라면 어릴 적부터 해야 할 필요가 있다. 말하자면 죽음 교육이야말로 조기교육이 필요하다고 하겠다. 그래야만 청소년들의 자살 예방에 도움이 되겠기 때문이다.

특히 게임에 중독된 청소년들이 사이버 세계와 현실 세계를 구별하지 못하는 경향성도 교정되어야 할 요소이다. 현실에서도 게임에서처럼 '리셋'만 하면 또 살아갈 수 있다는 착각은 생명의 소중함에 대한 왜곡된 인식의 원인이 되고 있다. 이처럼 죽음에 대한 판단력이나 가치관이 확립되지 않은 아이들이 인터넷 자살 사이트에 들어 가 죽음에 대한 이야기를 나누다 자기도 모르게 분위기에 휩쓸려 극단적인 선택을 하는 일 등은 예방되어야 할 것이다.

요컨대 청소년들에게 삶의 교육으로서의 죽음 교육을 조기에 실시함으로써 우리 생활 속에서 삶과 죽음을 분리시키지 않고 죽음을 삶의 일부로 받아들이는 문화가 정착되어야 좀 더 건강한 삶을 살 수 있을 것이다.

이런 의미에서 청소년 성장 소설 '어느 날 내가 죽었습니다'는 예로부터 죽음에 대해 언급을 금기시하는 우리 사회의 관습을 깨뜨리고 교육적 측면에서 '좋은 삶을 위한 죽음 배우기'의 필요성을 제기해 주는 데 공헌한 작품이라 할 것이다.

지도 주안점

이 작품('어느 날 내가 죽었습니다')을 통해서 우리는 죽음을 언급하는 것을 꺼리는 우리 사회의 관습에서 벗어나 잘 살기 위해서 죽음 공부가 필요하다는 인식을 공유할 필요가 있겠습니다. '오늘은 우리의 남은 인생의 첫 날'이란 말과 같이 인생에 대한 종말을 예상한다는 것은 주어진 시간을 소중히 살아야 한다는 의식으로 전환되는 것이 바람직합니다. 본문에 소개된 '자작 묘비명 쓰기' 등의 방법들도 적극적인 죽음 배우기를 통하여 삶의 소중함과 잘 살기 의식을 일깨우는 차원으로 이해되어야 할 것입니다.

1) '자작 묘비명 쓰기' 등 위의 본문에 소개된 좋은 삶을 위한 죽음 배우기 방식 5가지 중 여러분이 생각하기에 삶의 의욕을 북돋우는 데 가장 적합하다고 생각하는 한 가지를 골라 직접 작성을 하고, 그 이유를 소개해 보자.

2) 아래 글은 러시아의 작가 도스토옙스키가 혁명 운동을 하다가 총살당할 뻔한 체험입니다. 만일 여러분이 어떤 이유로 1년간 시한부 삶을 살아야 한다고 가정하고, 남은 1년간의 인생을 어떻게 살고 싶은지에 대한 소망을 써보자.

처형장에서 자기 차례를 기다리며 도스토옙스키는 이렇게 생각했습니다.
'5분 후에는 나도 기둥에 묶여 총에 맞아 이 세상에서 사라지게 된다.
이 귀중한 5분 간을 헛되이 하고 싶지 않다. 마지막 남은 보물이다.
소중하게, 소중하게 사용하지 않으면!'
그는 5분을 3등급 합니다. 2분 간은 명상하는 데 쓰자. 2분 간은 친구와 이별하는 데에, 그리고 나머지 1분은 이 세상을 바라보는 데 쓰자고. 그리고 만약 목숨을 건진다면 한 순간 한 순간을 마치 백 년처럼 소중히 하여 절대로 한 순간도 헛되게 하지 않겠다고 맹세합니다.

어느 새 그의 눈에서는 지난 28년간에 대한 후회의 눈물이 흘러 내렸습니다. 그 순간, "사형 집행을 멈춰라."라는 황제의 명령이 떨어졌고 그는 기적처럼 목숨을 건졌습니다.

이후 그는 죽음 직전의 5분을 떠올리며 시간을 헛되이 보내지 않았습니다. 그 결과 '죄와 벌', '카라마조프의 형제들'과 같은 명작을 남긴 세계적인 작가가 되었습니다.